SACHBUCH

Ralf Wiegand

Rund um den Fußball

D1854694

Ralf Wiegand

Ralf Wiegand, geboren 1967 in Tauberbischofsheim, arbeitet als Sportredakteur bei der Süddeutschen Zeitung in München. Von seinem Volontariat bei den Fränkischen Nachrichten über seine Arbeit beim Bremer Weserkurier bis heute in München begleitet er den großen und kleinen Fußball journalistisch und berichtet über Welt- und Europameisterschaften genauso wie früher über die Regionalliga Nord.

Rund um den Fußball

RAVENSBURGER BUCHVERLAG

Mit Cartoons von Burkhard Fritsche

Aktualisierte Ausgabe
als Ravensburger Taschenbuch,
Band 53084, erschienen 2002

Die Originalausgabe erschienen 2000
im Ravensburger Buchverlag
© 2000 Ravensburger Buchverlag
Otto Maier GmbH

Umschlagillustration: Ference B. Regös

RTB-Reihenkonzeption
Heinrich Paravicini, Jens Schmidt

**Alle Rechte dieser Ausgabe
vorbehalten durch
Ravensburger Buchverlag**

Printed in Germany

**Die Schreibweise entspricht den
Regeln der neuen Rechtschreibung.**

5 4 3 2 1 06 05 04 03 02

ISBN 3-473-53084-0

www.ravensburger.de

SACHBUCH

INHALT

Vorwort 7

1. Der Ball war schon immer rund – aus der Geschichte des Fußballs 8

– Wie alles angefangen hat – vielleicht … 10
– Trockener Schuss in die Ecke des Tores. Die erste WM 1930 in Uruguay – Abenteuer und Risiko 13
– Davor? Dahinter? Drauf? Das Wembley-Tor oder: Der berühmteste Treffer der Fußballgeschichte war gar keiner 16
– Herberger hat aber gesagt … Alte Fußballweisheiten auf dem Prüfstand 19
– Ein Tor für jeden Tag im Jahr. Gerd Müller, der erfolgreichste Torjäger der Bundesliga 25
– Sechs auf einen Streich. Wer hat die meisten Tore in einem Spiel geschossen? 33
– Schwarze Tage des Fußballs. Sieben Katastrophen 34

2. Fußball heute – Porträts, Geschichten und eine Kultrede 40

– Einmal New York und zurück. Lothar Matthäus machte Weltkarriere 42
– Die Geburt eines Stars. Wie aus Ronaldinchen der gefeierte Ronaldinho wurde 44
– Das Phänomen im goldenen Käfig. Ronaldos Weg von unten nach oben und zurück 51
– Wörtlich genommen. Seltsame Ausdrücke aus der Fußballsprache 58
– Königinnen des Fußballs. Frauenfußball ist ein Renner – wenigstens in Amerika … 61

3. Namen, Daten, Fakten – Hintergründe des Spiels auf dem grünen Rasen 68
– Ein Name, ein Urteil. Wie Jean-Marc Bosman den Fußball veränderte 70
– Eine Acht mit zehn Nullen. Über Ablösesummen und den teuersten Spieler der Welt 75
– Was erlaube Trap? Die Kultrede des ehemaligen Bayern-Trainers Trapattoni 82
– „Zurück in die Funkhäuser“ Fußball und die Medien 86
– Ein UFO mit McDonalds. Das Fußballstadion der Zukunft gibt es schon 93
– Die wichtigsten Wettbewerbe und Pokale im Fußball 98
– Jobs rund um den Traumjob Fußballer 108

4. Zwischen Streetsoccer und Stadion – Fußball und Kids 118
– Die Kinderprofis. Warum große Vereine sogar 10-jährige Spieler verpflichten 120
– Als Schüler ins Internat – als Profi in die Bundesliga. Interview mit einem Nachwuchsförderer 123
– Auf Beton statt Rasen. Mit Streetsoccer kann man es sogar in die Bundesliga schaffen 136
– Fußball von der Stange. Träumereien am Kickertisch 139

5. Vom Anstoß bis zur Verlängerung – die Fußballregeln 144

Anhang
Die Anschriften von 22 deutschen Fußballvereinen 176

Vorwort

„Volkssport Nummer eins“ wird Fußball gerne genannt. Und wenn auf dem Ausdruck auch schon ein bisschen Staub liegt, so hat er doch etwas Wahres. Fußball ist eine Sache für jeden. Junge Menschen spielen das Spiel selbst, ältere begeistern sich dafür vor dem Fernseher oder im Stadion. Der Fußball bringt noch wirkliche Stars hervor und solche, die sich dafür halten. Wer talentiert ist, hat die Möglichkeit reich zu werden; wer fleißig arbeitet und hart trainiert, der auch. Und wer weder Talent noch Ehrgeiz hat, hat wenigstens Spaß am Fußball. Millionen kicken jeden Samstag oder an einem lauen Sommerabend irgendwo auf der Wiese „just for fun“.

Der Sport ist ein bisschen wie das richtige Leben, er belohnt und straft und manchmal ist er ungerecht. Vielleicht will deshalb jeder mitreden. Ob der Bezirksliga-Stürmer die Riesenchance versemmelt oder der Bundestrainer die falsche Mannschaft aufstellt – die Reaktionen am Stammtisch sind immer dieselben: „Wie konnte der nur“, „das hätte ich aber anders gemacht“. Es gibt Millionen kleiner Bundestrainer. Aber das ist es ja: ehrfürchtig vor den großen Helden des Balles zu stehen und selber zu versuchen, das runde Ding irgendwie in den Griff zu bekommen. Auf der Straße zu kicken und im Stadion zu staunen. Das ganz Unten zu lieben und das ganz Oben zu verehren und sich zu wünschen, dass das Spiel nicht eines Tages nur noch um das große Geld gespielt wird – das macht Fußball auch zur (noch mal den Staub vom Wort wegpusten) „schönsten Nebensache der Welt“.

1. Der Ball war schon immer rund – aus der Geschichte des Fußballs

Wie alles angefangen hat – vielleicht …

Neulich ist es sogar meiner Freundin passiert. Das wäre ja nichts Ungewöhnliches, wenn sich meine Freundin wenigstens ein bisschen für Fußball interessieren würde. Tut sie aber nicht.

Es ist auch nicht so, dass sie Fußball hasst. Es ist viel schlimmer: Fußball ist ihr piepegal. Zwei- oder dreimal habe ich sie ins Stadion mitgenommen, weil ich dachte, vielleicht lässt sie sich ja in den Bann ziehen von diesem Spiel, das doch eigentlich jeden in seinen Bann zieht, der es an sich heranlässt.

Sie ist dann auch tatsächlich mitgekommen – und hat gespannt beobachtet, wie die Hunde mit ihren Maulkörben kämpfend auf der Tartanbahn herumsprangen, wie sich der Eisverkäufer durch die voll besetzten Reihen drängelte oder wie die Menschen aufgeregt von ihren Sitzen sprangen, sich die Haare rauften und „aah" und „ooh" riefen. Einmal riefen die Zuschauer „jaaaaa", sie sprangen auf und rissen die Arme in die Luft und manche fielen einfach ihrem Sitznachbarn um den Hals. Ich stupste meine Freundin an und sagte: „Hey, Werder hat ein Tor geschossen." Und sie sagte „aha". Dann schaute sie, wann wohl die Sonne hinter dem Stadiondach verschwinden würde.

Aber neulich ist es sogar ihr passiert. Wir spazierten durch einen Park, einen wunderschönen Park mit solch sauberen Wegen, dass man hätte meinen können, die kleinen Kieselsteinchen würden jeden Abend einzeln geputzt. (Nur weiß das keiner, weil die Kieselsteinchenputzer erst dann kommen, wenn der Park schon längst geschlossen ist.) Wir gingen also diesen Weg entlang, als vor uns zwischen all den kleinen sauberen Kieselchen ein etwas größerer grauer Stein auftauchte. Fast vorwitzig lugte der runde Stein zwischen all den kleinen um ihn herum hervor. Und als meine Freundin diesen Stein erblickte, den man ja gar nicht übersehen konnte – trat sie dagegen. Klack, klack, klack, der Stein rollte ein paar Meter nach vorne, klack, klack, klack, über die Kiesel, und als wir ihn eingeholt hatten, kickte sie ihn noch einmal nach vorne. Dann lag der Stein in meinem Weg, ich kickte ihn nach vorne, klack, klack, klack, dann wieder sie, ich zu ihr, der Stein war längst ein Ball geworden, und wir spielten tatsächlich ein bisschen Fußball! Meine Freundin! Fußball!

Seitdem kann ich mir vorstellen, wie dieses Spiel irgendwann vor langer Zeit einmal entstanden sein muss. Fußball war ja nicht immer das, was es heute ist, also ein großes Spektakel, das jeden Tag im Fernsehen läuft und zigtausend Menschen in moderne Stadien lockt. Und das tausende Kids in den Parks spielen, in der Schule, auf den Parkplätzen. Fußball muss zuerst eine Idee gewesen sein, weil irgendjemand irgendetwas weggekickt hat, etwas, was in seinem Weg lag. Dann holte er ein paar Freunde zusammen und sie versuchten, sich das Ding – was mag es gewesen sein, vielleicht eine Frucht, die schon vor der Ernte vom Baum gefallen war? – gegenseitig zuzukicken. Als sie das besser konnten, suchten sie sich ein Ziel, wohin das Spielgerät gekickt werden musste. Schon war das Tor erfunden. Und sie vereinbarten sich nur in einem gewissen Bereich zu bewegen, damit man nicht so schnell müde wird. Das Spielfeld konnte man ganz einfach mit Schritten ausmessen, es gab ja noch keine Maßeinheit. Und dann dachte man sich, während man immer wieder begeistert dieses neue Spiel spielte, eine Regel nach der anderen aus. So wurde Fußball daraus.

Natürlich haben sich Historiker schon vor mir damit beschäftigt, wie das Fußballspiel tatsächlich zu Stande gekommen ist, aber sie konnten sich nicht so einigen, dass sie eindeutig und zweifelsfrei sagen konnten: So war es und nicht anders. Die einen behaupten, es waren schon die alten Chinesen, die früher ja ein wirklich sehr erfinderisches Volk waren. Die Chinesen, sagen die Wissenschaftler, hätten schon vor ein paar tausend Jahren ganz gerne einen Ball mit den Füßen nach vorne getrieben. (Wenn man nicht weiß, wo etwas entstanden ist, kann man fast immer auf die Chinesen tippen.)

Andere sagen, die Ursprünge des Fußballspiels lägen in Südamerika, wo ebenfalls sehr einfallsreiche Völker lebten. Wer beispielsweise nach Mexiko reist, kann alte Spielfelder der Maya finden. Dieses Volk kannte schon vor gut 2000 Jahren ein Mannschaftsspiel, das ein klein wenig an Fußball erinnert. Allerdings dauerte das Spiel manchmal viele Tage, und es hatte die aus unserer heutigen Sicht ziemlich unangenehme Folge, dass die siegreiche Mannschaft sterben musste. Für die Maya freilich war es damals eine Ehre, für die Götter zu sterben. Deshalb strengten sie sich tatsächlich an, das Spiel zu gewinnen, um danach geopfert zu werden. Die Verlierer mussten, in Schande sozusagen, weiterleben.

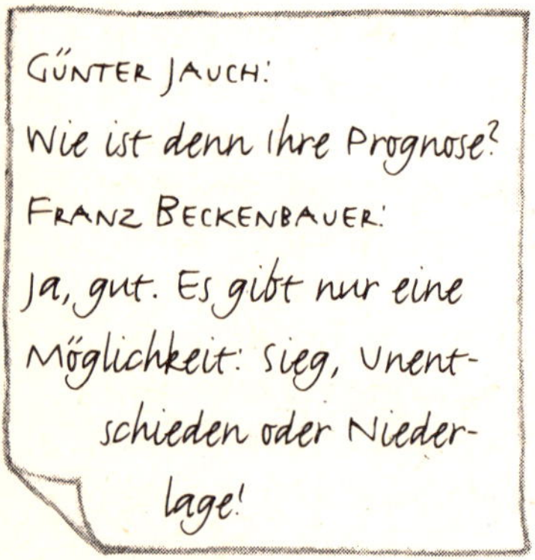

Chinesen oder Maya? Wahrscheinlich ist das Spiel eben an vielen verschiedenen Orten der Welt entstanden, weil so ein wunderbares Spiel einfach irgendwann erfunden werden musste. Am weitesten verbreitet ist aber die Meinung, dass römische Legionäre im 14. Jahrhundert das Spiel nach England gebracht haben. Sie mussten damals ja mit dem Schiff nach England, nicht wie wir heute mit dem Flugzeug oder mit dem Zug unter dem Wasser hindurch. Und wenn sie dann endlich wieder festen Boden unter den Füßen hatten, hatten die Römer natürlich Lust sich ein bisschen zu bewegen. Die Engländer waren so begeistert, dass sie aus dem Spiel, das ihnen die Römer vormachten, jenen Sport entwickelten, den wir heute noch kennen und lieber als jeden anderen treiben. (Das gilt allerdings nicht für die ganze Welt. Das weltweit am häufigsten gespielte Spiel mit Ball ist Basketball!)

Fast wäre es allerdings auch in England nichts mit dem Fußball geworden. Manche Engländer waren nämlich der Meinung, man sollte den Ball auch mit der Hand spielen dürfen; andere lehnten das aber strikt ab. Diejenigen, die Fußball nur mit dem Fuß spielen wollten, gründeten 1863 die English Football Association, den englischen Fußballverband. Die mit den Füßen nicht so gut zurechtkamen und ihre Hände zu Hilfe nehmen wollten, schlossen sich grummelnd 1871 in der Rugby Football Association zusammen. Rugby hat auf der britischen Insel noch immer eine große Zahl von Fans, in Wales oder Schottland sogar mehr als Fußball. In England aber wird Fußball geliebt wie nichts anderes. „Mutterland des Fußballs" nennt man England, und die Engländer haben sich dagegen nie gewehrt (trotz Chinesen und Maya). Laut und schaurig schön sangen sie „Football is coming home", als 1996 die Europameisterschaft bei ihnen stattfand. Der Fußball kam nach Hause.

Die Engländer waren es also, einigen wir uns darauf. Aber ganz bestimmt hat es irgendwann so angefangen wie neulich mit meiner Freundin und mir im Park, auf diesem sauberen Weg und mit dem kleinen, grauen runden Stein.

Klack, klack, klack …

Trockener Schuss in die Ecke des Tores
Die erste WM 1930 in Uruguay – Abenteuer und Risiko

„Linksaußen Langiller lief mit dem Ball am Fuß zur Mitte und spielte Laurent mit einem Kurzpass an. Dieser umspielte durch geschickten Körpereinsatz Rosas und setzte den Ball – nur noch dem Torwart gegenüberstehend – mit einem trockenen Schuss in die Ecke des Tores."

So haben damals die Chronisten das erste Tor der ersten offiziellen Fußball-Weltmeisterschaft geschildert. Es fiel am 13. Juli 1930 nach 19 Minuten im Spiel zwischen Frankreich und Mexiko. Frankreich gewann die Partie mit 3:0, aber was heute wie ein ganz normales Fußballergebnis in einem ganz normalen Turnier klingt, war wirklich eine ziemlich schwere Geburt.

Denn eigentlich hätte eine offizielle Weltmeisterschaft schon viel früher stattfinden sollen, aber irgendwie konnten sich die verschiedenen Verbände der Welt nie so richtig einig werden. Man konnte sich am Anfang des Jahrhunderts schwer vorstellen, wie solch ein großes Turnier zum Beispiel bezahlt werden sollte, denn es galt die Regel, dass der Veranstalter die Kosten für alle Teilnehmer zu übernehmen hatte. Italien, das eigentlich die erste WM 1930 veranstalten wollte, nahm deshalb seine Bewerbung wieder zurück. Und Uruguay konnte das teure Unternehmen nur deshalb wagen, weil die Politiker des Landes mit solch einem großen Sportfest den 100. Geburtstag ihres Landes feiern wollten. (Das ist übrigens heute noch so, dass sich Politiker ganz gerne im Licht erfolgreicher Sportler sonnen, aber das ist ein anderes Thema.) In der Hauptstadt Montevideo wurde eigens für die WM ein riesiges Stadion gebaut, in das 80000 Zuschauer passten und das aus zwei Gründen ein ganz besonderes Stadion für die damalige Zeit war. Denn zum einen war es ein reines Fußballstadion, also ohne eine Laufbahn um den Platz; schon damals fanden wirkliche Fußballfans nämlich, dass Fußball am meisten Spaß macht, wenn man ganz nah dran sein kann. Aus diesem Grund war das Stadion, zweite Besonderheit, auch nicht oval wie die meisten anderen Arenen, sondern beinahe rund. So saßen die Zuschauer auf allen Plätzen so nah wie möglich am Spielfeld.

> Wir müssen gewinnen. Alles andere ist primär.
> HANS KRANKL

Aber die finanzielle Unterstützung und das schöne neue Stadion verhinderten nicht, dass trotzdem nur 13 Mannschaften bei der ersten WM mitspielten. In den europäischen Ländern gab es nämlich noch nicht überall Profifußball und die Amateure konnten nicht mal eben zu ihrem Arbeitgeber gehen und sagen: „Hey, Chef, ich fahr mal eben ein paar Wochen nach Uruguay, bei einer WM mitspielen." Nach Uruguay konnte man ja damals nicht wie heute ziemlich bequem mit dem Flugzeug gelangen. Man musste eine beschwerliche Schifffahrt auf sich nehmen, die ein paar Wochen dauern konnte, und sich von der Arbeit freistellen lassen. Viele Arbeitgeber machten das nicht mit und die nationalen Fußballverbände weigerten sich auch, den Verdienstausfall für ihre

Neandertalerfußballmatch

Spieler zu übernehmen. Damals wurde längst noch nicht so viel Geld mit Fußball verdient wie heute. So kam es, dass nur vier europäische Mannschaften den abenteuerlichen Trip nach Südamerika mitmachten: Frankreich eben, Rumänien, Jugoslawien und Belgien. Daneben meldeten sich die USA, Mexiko, Peru, Argentinien, Chile, Brasilien, Paraguay und Bolivien zur 1. Fußball-Weltmeisterschaft an.

Frankreich hat das schnelle Tor durch Laurent übrigens nichts genutzt. Schon am 19. Juli, also nicht einmal eine Woche, nachdem das Turnier begonnen hatte, verloren die Franzosen mit 0:1 gegen Chile – nachdem sie vorher mit dem gleichen Ergebnis auch Argentinien unterlegen waren.Weltmeister wurde durch ein 4:2 im Finale gegen Argentinien Gastgeber Uruguay.

Davor? Dahinter? Drauf?
Das Wembley-Tor oder: Der berühmteste Treffer der Fußballgeschichte war gar keiner

Um etwas über die vergangenen Weltmeisterschaften zu erfahren, bei denen man ja selbst noch nicht dabei war, muss man in vielen Büchern blättern. Manchmal finden sich darunter wunderbare Exemplare aus der damaligen Zeit. Man liest darin wie in den Gedanken der Menschen, die damals tatsächlich dabei waren, zum Beispiel bei der WM 1966 in England. Das Buch, das der Ch. Belser Verlag in Stuttgart gleich nach Ende der Weltmeisterschaft herausgab, heißt ganz einfach „World Cup ’66, alle 32 Spiele in Wort und Bild – Mit dem dramatischen Endspiel“. Und damit ist schon viel gesagt.

Auch damals wusste man sofort, dass das Finale zwischen England und Deutschland ein ganz besonderes Spiel war. Nicht weil es in die Verlängerung ging, als nach 90 Minuten beide Mannschaften je zwei Tore geschossen hatten. Auch nicht weil das letztlich entscheidende Tor zum 4:2-Endstand erst spät fiel. Der Autor des Buches schrieb damals schon vor allem wegen des

Tores zum 3:2 für England: „Es war ein Finale, von dem die Welt des Fußballs noch lange sprechen wird."

Wie lange, hatte sich der Autor bestimmt nicht gedacht, denn noch mehr als 30 Jahre später beschäftigt dieses eine Tor die Fachleute auf der ganzen Welt. Das Tor, das als einziges in der Geschichte einen eigenen Namen bekam. Das 3:2 von England gegen Deutschland im WM-Finale von 1966 im Londoner Wembleystadion heißt nur: das Wembley-Tor. Jeder weiß, was gemeint ist – oder wenigstens sollte er es wissen, wenn er ein echter Fußballfan sein will.

An jenem Nachmittag des 30. Juli 1966 brach in der englischen Hauptstadt die 101. Minute im WM-Endspiel an. Die Partie stand, wie man so schön sagt, auf des Messers Schneide. 2:2 unentschieden, keiner wusste, welche Mannschaft gewinnen würde und wodurch. Aber plötzlich geriet der Ball, der damals noch aus braunem Leder gefertigt war, vor die Füße von Geoffrey Hurst, den alle nur Geoff nannten. Dieser Mister Hurst schoss den Ball in Richtung deutsches Tor.

Das schwere braune Ding klatschte an die Unterkante der Latte, und dann sprang es – ja, wohin sprang der Ball? Hinter die Torlinie? Auf die Linie? Davor sogar?

Im Netz jedenfalls landete er nie, und der Schiedsrichter, ein ehrenwerter Schweizer namens Dienst, war zunächst der Meinung, es handle sich nicht um ein korrektes Tor. Er wollte weiterspielen lassen. Aber da meldete sich an der Linie der Linienrichter, der damals noch so hieß und nicht wie heute Schiedsrichter-Assistent. Der Richter an der Linie also sprach sein Urteil, weswegen Generationen später Computerprogramme erfunden wurden, um es zu widerlegen.

> Es war ein Tor.
> Ich habe es genau gesehen,
> meine Herren.
>
> HEINRICH LÜBKE
>
> Deutscher Bundespräsident 1959–69

Der Linienrichter, ein Russe namens Bakramow, erklärte seinem Chef nämlich, der Ball sei hinter der Linie gewesen, im Tor. Er habe es gesehen. Er war zwar der Einzige, der das gesehen hatte, aber Schiedsrichter Dienst beugte sich dieser exklusiven Meinung. England führte 3:2 und wurde Weltmeister. Und 90 000 Zuschauer im Wembleystadion feierten die Helden, die auf die Tribüne durften und von Queen Elizabeth, die damals eine schöne junge Frau war, den WM-Pokal überreicht bekamen.

Damals, in dieser 101. Minute, waren die deutschen Spieler viel zu erschöpft und geschockt, um sich gegen die Entscheidung noch auf dem Spielfeld zu wehren, aber es hätte auch nichts genützt. Es nützt bis heute nichts, sich den Entscheidungen des Schiedsrichters zu widersetzen. Also nahmen die Deutschen das 2:3 zur Kenntnis, kassierten das 2:4 und das Lob der englischen Presse, „von allen großen Mannschaften, die je ein Finale verloren haben, die beste" gewesen zu sein.

Sie ahnten nicht, dass über dieses Tor jahrzehntelang gesprochen werden sollte, nein, heiß diskutiert und sogar wissenschaftlich gefachsimpelt. So gab es zum Beispiel 30 Jahre später ein Treffen aller Beteiligten im Wembleystadion. Selbst der Russe Bakramow wurde über den Ural geflogen und noch einmal an den Platz gestellt, wo er damals sein Fähnchen gehoben hatte. Die alten Fernsehbilder, die nie genau bewiesen haben, ob der Ball im Tor war oder nicht, wurden immer wieder mit neuester Technik überarbeitet, vergrößert, auseinander genommen. Aber der kleine schwere braune Lederball wollte einfach nicht verraten, ob er hinter der Linie war oder nicht.

Bis Studenten in England ein Verfahren erfanden, wonach man die Fernsehbilder in eine Computergrafik umrechnen konnte, die sich drehen lässt. So als hätte am 30. Juli 1966 hinter dem Tor eine Kamera gestanden oder seitlich auf der Linie – oder als habe das Objektiv frei im Raum geschwebt. Die Computerbilder hätten bewiesen, hieß es, dass es eindeutig kein Tor gewesen sei.

Aber das ist eigentlich längst ziemlich egal. Das Wembley-Tor ist zu einer eigenen Geschichte geworden, wie ein kleines Märchen, das man sich immer wieder erzählt. Und es spielt keine Rolle mehr, ob der Ball hinter oder vor der Linie war oder genau darauf. Jeder hat seine eigene Wahrheit, an die er glaubt. Die Engländer freuten sich, dass sie Weltmeister wurden, die Deutschen trösteten sich damit, durch ein Tor verloren zu haben, das ihrer Meinung nach keines war. Und die Fußballwelt hatte, wie der Buchautor damals schon ganz richtig voraussagte, jahrelang etwas zu diskutieren. Noch heute schreien Fernsehreporter ins Mikrofon, sobald ein Ball an die Unterkante der Latte springt und dann auf die Torlinie: „Ein Wembley-Tor, ein richtiges Wembley-Tor!!!"

Herberger hat aber gesagt …
Alte Fußballweisheiten auf dem Prüfstand

Einige Trainer haben die deutsche Fußball-Nationalmannschaft trainiert (siehe die Liste weiter hinten), aber der größte Trainer war der kleinste unter ihnen, Sepp Herberger. 28 Jahre lang, von 1936 bis 1964, stand er der Deutschen liebstem Kind vor, der Nationalelf. Herberger konnte wie kein anderer die kleinen, einfachen Wahrheiten formulieren. Herbergers Sprüche sind heute noch immer ein idealer Ausweg, wenn die großen Fragen des Fußballs – zum Beispiel: Warum ist das Spiel so gelaufen und nicht anders? – mal wieder keine klare Antwort zulassen. Aber mal ehrlich: Stimmen Herbergers Sprüche tatsächlich noch?

1. „Der Ball ist rund."

Stimmt, da wir ja über Fußball reden und nicht über American Football, wo der Ball ein braunes Ei ist mit dicken Nähten an der Seite. Wahrscheinlich sind moderne Fußbälle sogar viel runder als die Bälle zu Herbergers Zeiten, die tatsächlich noch aus Leder waren und handgenäht und die sich schwer voll Wasser sogen, wenn es regnete. Das tat der vollkommenen Rundheit nicht gut.

Schlauer Kopf: Sepp Herbergers Weisheiten, viele Jahrzehnte alt, werden noch heute gern zitiert.

Soll aber keiner glauben, nur weil alle Fußbälle rund sind, wäre Ball gleich Ball. Jeder Ballhersteller macht seinen eigenen Ball, sie unterscheiden sich in Form und Farbe, in Material und Gewicht, in der Qualität der Ventile und in der Art ihres Fluges. Mancher Tormann klagt, dass er einen Ball nicht fest halten konnte, weil das Ding so blöde flatterte. Andere Hersteller loben sich dafür, einen Ball erfunden zu haben, der schneller fliegt als andere. Und für jedes große Turnier, WM oder EM, gibt es ganz bestimmt ein neues Modell.

> Der Ball ist rund. Wäre er eckig, wäre er ja ein Würfel.
>
> GYULA LORANT
> Trainer

Einmal gab eine Firma ihrem Ball den Namen „Cyber Series PT 13 Reflex“, malte ihn mit einem silbernen Glanzlack an und schenkte ihn einem Bundesligisten. Der spielte eine Halbzeit damit, lag zur Pause 0:2 zurück und tauschte den silbernen Ball, den die Presse „Ufo“ taufte, in der Kabine gegen einen normalen weißen. Für Cyber-Bälle ist die Zeit wohl doch noch nicht reif.

2. „Ein Spiel dauert 90 Minuten.“

Das, lieber Herr Herberger, war schon zu Ihrer Zeit ein grober Irrtum. Natürlich meinte der Trainer aller Trainer damit, dass man in einem Spiel auf keinen Fall zu früh aufgeben soll, genauso wenig aber sich zu früh in Sicherheit wiegen darf. Denn bis der Schiedsrichter abpfeift, ist alles möglich. Und wer in der 89. Minute 1:0 führt, kann in der 90. noch 1:2 verlieren. Aber wie gesagt: Schon zu Herbergers Zeiten gab es Spiele, die dauerten viel länger als 90 Minuten. Einmal, als es noch kein Fernsehen gab und keine elektronische Zeitmessung, spielten in einem Finale um die deutsche Meisterschaft der HSV und der 1. FC Nürnberg schier endlos lange gegeneinander. Bis der Schiedsrichter das Spiel wegen Erschöpfung der Spieler abbrach, ohne dass es einen

Sieger gegeben hatte. Die Verlängerung war damals noch nicht erfunden und es gab auch noch keine Auswechslungen.

Und auch ein ziemlich neues, trotzdem schon berühmtes Beispiel beweist die Fehlerhaftigkeit dieser Herberger-Behauptung. Im Champions-League-Endspiel 1999 zwischen dem FC Bayern München und Manchester United führten die Münchner nach 90 Minuten mit 1:0. Sie wären bestimmt froh gewesen, wenn Herberger aus dem Fußballhimmel herabgestiegen wäre und zum Schiedsrichter gesagt hätte: „He, pfeif ab, ein Spiel dauert 90 Minuten." Der Schiedsrichter ließ ein bisschen weiterspielen – und zwei Minuten später hatte Manchester 2:1 gewonnen.

Es ist also nichts mehr mit den 90 Minuten und nicht nur Sepp Herberger würde das verwirren. Als bei der Weltmeisterschaft 1998 in Frankreich zum ersten Mal die Nachspielzeit auf einer elektronischen Tafel von einem Schiedsrichter-Gehilfen am Spielfeldrand angezeigt wurde, kam der Fernsehreporter Gerd Rubenbauer so durcheinander, dass er den Fernsehzuschauern überrascht mitteilte: „Warum er jetzt den Torwart auswechselt, verstehe ich nicht." Der Reporter hatte die „1" auf der Tafel für die Rückennummer eines Spielers gehalten, der ausgewechselt werden sollte. Die „1" trägt der Keeper. Dabei hatte der Assistent an der Linie nur eine Minute Nachspielzeit angezeigt.

Zu Herbergers Zeiten kannte das Spiel wie gesagt noch keine Verlängerung. Die wird in Spielen angehängt, in denen es unbedingt einen Sieger geben muss, also in Pokalspielen oder bei Turnieren, wenn es um den Einzug in die nächste Runde geht. Dauert ein Spiel dann vielleicht 120 Minuten? Auch nicht. Seitdem der Weltfußballverband Fifa sich das so genannte *Golden Goal* ausgedacht hat, ist auch das nur noch blanke Theorie. Ein verlängertes Spiel ist sofort zu Ende, sobald eine Mannschaft ein Tor schießt. Berühmtester *Golden-Goal*-Schütze der deutschen Nationalmannschaft ist Oliver Bierhoff, der Deutschland auf diese Art 1996 zum Europameister gemacht hat.

Herberger liegt also gründlich falsch – ein Spiel dauert einfach so lange, bis es vorbei ist.

3. *„Elf Freunde sollt ihr sein."*

Schönes Märchen. Genauso hätte Herr Herberger seinen Spielern raten können: Ihr sollt nicht schummeln, jede Woche einmal eure Großtante besuchen und nicht mit vollem Mund sprechen. Fußballmannschaften funktionieren nun mal wie jede Gruppe: Den einen mag man, den anderen nicht. Nur neidisch sollte man nicht sein, auf die Tore des anderen genauso wenig wie auf seine blonde Freundin. Und im Profifußball? Ergeben elf Millionäre manchmal auch eine ganz erfolgreiche Firma …

4. *„Nach dem Spiel ist vor dem Spiel."*

Das ist Herberger für Fortgeschrittene und trifft heute mehr denn je zu. Inzwischen wird ja jeden Tag Fußball gespielt, montags in der Zweiten Liga, dienstags und mittwochs Champions League, am Donnerstag UEFA-Pokal, Freitag, Samstag, Sonntag Bundesliga, montags Zweite Liga, dienstags …

Also: Wer weiß schon noch, wenn er vor dem Fernseher sitzt, ob er gerade das Spiel von gestern, von morgen oder eine Liveübertragung sieht? Sepp Herberger war halt wirklich ein Fußball-Weiser!

5. *„Das nächste Spiel ist immer das schwerste."*

Trifft aus denselben Gründen zu wie unter Punkt 4 geschildert. Es gibt so viele Fußballspiele, dass man sich gar nicht anders zurechtfinden kann, als immer nur auf das nächste zu schauen. Außerdem ist dieser Satz heute noch eine der beliebtesten Antworten von Trainern, die gefragt werden, was von ihren Mannschaften in den nächsten Wochen zu erwarten ist. „Erst mal", sagen die Trainer dann, „müssen wir das nächste Spiel gewinnen. Das ist schwer genug."

Alle bisherigen Bundestrainer:

Sepp Herberger (1936 bis 1964):
162 Länderspiele –
92 Siege, 26 Unentschieden, 44 Niederlagen;
Weltmeister 1954.
Starb 1977 im Alter von 80 Jahren.

Helmut Schön (1964 bis 1978):
139 Länderspiele –
87 Siege, 30 Unentschieden, 22 Niederlagen;
Europameister 1972, Weltmeister 1974.
Starb 1996 im Alter von 80 Jahren.

Jupp Derwall (1978 bis 1984):
67 Länderspiele –
45 Siege, 11 Unentschieden, 11 Niederlagen;
Europameister 1980.

Teamchef Franz Beckenbauer (1984 bis 1990):
66 Länderspiele –
36 Siege, 17 Unentschieden, 13 Niederlagen;
Weltmeister 1990.

Berti Vogts (1990 bis 1998):
102 Länderspiele –
67 Siege, 23 Unentschieden, 12 Niederlagen;
Europameister 1996.

Erich Ribbeck (1998 bis 2000)
24 Länderspiele –
10 Siege, 6 Unentschieden, 8 Niederlagen

Rudi Völler (seit Juli 2000)

Ein Tor für jeden Tag im Jahr
Gerd Müller, der erfolgreichste Torjäger der Bundesliga

„Dann macht es bumm."
(Gerd Müller, Schlagersänger)

Es ist mit dem Fußball ja manchmal wie im richtigen Leben: Es kommt so oft anders, als man denkt – und die Dinge, die am leichtesten aussehen, sind in Wirklichkeit die schwierigsten. Man kennt das ja: Der Kumpel im Tanzkurz schwebt leicht wie eine Feder übers Parkett und hält die Freundin so sanft im Arm wie früher seinen Lieblingsteddy, dem er ja auch nie wehtun würde. Und man selbst? Versucht es auch mal, weil es so leicht aussieht, und stapft wie ein müder alter Tanzbär herum, zu einer Musik, die bestimmt nicht die ist, die gerade aus dem Lautsprecher kommt. Und irgendwann sagt die Tanzpartnerin: „Aua, du tust mir weh", weil man ihr vor Verkrampfung die Hand so fest drückt, dass die Fingerspitzen schon ganz weiß werden.

Bei Gerd Müller sah es auch immer sehr einfach aus, primitiv geradezu, als könnte jeder ein Tor schießen, wann immer er Lust dazu hat. Gerd Müller hat so viele Tore in seiner Karriere geschossen, dass man sich jeden Tag ein anderes anschauen könnte, ein ganzes Jahr lang inklusive Ostern, Geburtstag, Schulanfang und Omas Namenstag. Erst, als er 365 Tore in der Bundesliga geschossen hatte, hörte er auf damit und ging nach Amerika. Gerd Müller, der tatsächlich Gerhard heißt (was aber wohl außer seiner Mutter niemand zu ihm gesagt hat), ist so etwas wie der Urvater aller Torjäger.

Die Torjäger sind diejenigen beim Fußball, die vor dem Tor des Gegners herumstehen und sich treten lassen müssen von den Abwehrspielern. Torjäger sind manchmal ein ganzes Spiel über nicht zu sehen – nur in dem einen Moment, dem richtigen, müssen sie wach sein. Wenn der Ball in den Strafraum gelangt, müssen sie anspringen wie eine Alarmanlage, sich bewegen, müssen den bissigen Gegenspieler loswerden, der an ihnen hängt wie

Kaugummi an der Schuhsohle. Eine kurze Drehung, eine Körpertäuschung, drei blitzschnelle Schritte, ein satter Schuss. Tor. Oder nach der Flanke: kurz geduckt, dann ganz groß gemacht, einen Schritt zur Seite gegangen, den Kopf hingehalten, einmal rasch genickt. Tor.

Wie der Ball ins Tor kommt, ist dem Torjäger egal. Wie bei einem richtigen Jäger, der dem Hirsch ja auch kein Muster ins Fell schießt mit seiner Flinte. Er schießt einfach nur. Der Torjäger nimmt auch das Knie und den Oberschenkel, manche haben sich schon eine rote Nase geholt, wenn sie eigentlich köpfen wollten. Aber alles ist erlaubt, wenn der Torjäger nur das Tor trifft. Gerd Müller hat sogar Tore mit dem Hintern geschossen.

„Müllern“ nannten die Fußballfans damals die Art und Weise, wie „kleines dickes Miller“ (sein Trainer Tschik Cajkovski) Tore schoss. Er war nicht derjenige, der Haken schlagend über den Platz spurtete, den Pass lässig mit der Sohle stoppte, den Ball mit dem Außenrist in den Winkel schlenzte. Gerd Müller war nicht der, der die schweren Dinge machte, sondern die, die ganz einfach aussehen.

Natürlich hat niemand nach ihm auch nur ansatzweise so viele Tore geschossen wie er. Wer Müller sagt, meint 365 Tore in 427 Bundesligaspielen, oder 68 Tore in 62 Länderspielen. Weltmeister, Europameister, Deutscher Meister, Torschützenkönig so oft wie kein anderer, die ganze Ehrentafel des Fußballs rauf und runter. Er hat 14 Tore bei Weltmeisterschaften geschossen, so viele wie kein anderer. Niemand wird das noch einmal erreichen.

Gerd Müller trainiert heute Jugendmannschaften beim FC Bayern München, aber selbst ihm gelingt es nicht, einen Stürmer zu finden, der noch einmal so gut werden könnte wie er selbst. Man kann das nicht trainieren, die Antennen auszufahren und auf Empfang zu lassen, solange der Ball rollt und nach ihm zu treten, sobald die Aussicht auf ein Tor besteht.

Das nennt man den Instinkt eines Torjägers. „Ich wollte ein Tor, das war alles“, so ging der kleine Mann aufs Feld und machte große Spiele. Stürmer, die so denken, sind natürlich keine Mann-

Die aktuelle Fußballdiskussion:

Warum eigentlich das Tor vergrößern…

…man kann doch auch den Torwart verkleinern!

schaftsspieler, sie wollen selbst den Erfolg, ihren ganz persönlichen Triumph. Sie brauchen ja auch immer ein gut gefülltes Torkonto, sonst werden sie schneller kritisiert als alle anderen.

Für Gerd Müller war das Toreschießen wie ein immer wiederkehrendes Fieber, das ihn schon als Jugendlicher befiel. Für seinen Heimatverein, den TSV Nördlingen, traf er in der Jugend pro Saison bis zu 180-mal ins Netz. „Vorm Tor darfst net des Studiere anfange", sagt Gerd Müller. Da muss gehandelt werden, ist ja ganz einfach.

1974, im Endspiel um die Weltmeisterschaft im Münchner Olympiastadion, sah das zum Beispiel so aus: Grabowski spielt den Ball zu Bonhof, der rennt davon, über den halben Platz, dann schaut er kurz und schiebt den Ball zurück. Da steht der Mann mit der 13. Beim ersten Mal springt ihm der Ball vom Fuß, einen Meter weg, aber er angelt ihn sich mit einem Bein, er dreht sich und im Drehen trifft er den Ball. Er trifft ihn voll, der Verteidiger in Orange kann nichts machen, der Torwart schaut, wie der Ball an ihm vorbei über die Linie rollt. Er bemüht sich gar nicht erst ihn zu bekommen. Er hatte mit der anderen Ecke gerechnet, er kann die Bewegung nicht mehr korrigieren. Er ist chancenlos gegen Gerd Müller – und die Niederlande verlieren 1:2 gegen die Bundesrepublik Deutschland. Die wird Weltmeister.

> Zwei Chancen – ein Tor: Das nenne ich hundertprozentige Chancenauswertung.
>
> ROLAND WOHLFARTH

Es gibt viele, die Gerd Müller viel zu verdanken haben, vor allem seine Mitspieler, die nur dank Müller Titel gewannen. Franz Beckenbauer, der mit Müller beim FC Bayern zusammen in der Mannschaft spielte und in der Nationalmannschaft auch, ist heute als Präsident des FC Bayern so etwas wie der Chef vom Jugendtrainer Müller. Beckenbauer hat einmal gesagt: „Ohne den Gerd stünden auf unserem Klubgelände vielleicht heute noch die Baracken." Aber mit dem Gerd wurde der FC Bayern

München die erfolgreichste Vereinsmannschaft der 70er Jahre, und heute ist es ein unermesslich reicher Verein, der zweitreichste in Europa hinter Manchester United. Und das alles gründet noch immer auf den 365 Toren eines Gerd Müller.

Vielleicht ist ihm das Toreschießen ja deshalb so einfach gefallen, weil er selbst so ein einfacher Mensch ist. Beckenbauer nannten sie „Kaiser", Berti Vogts hieß „Terrier", der Brasilianer Pelé galt schon fast als Gott. Und Müller? „Bomber" nannten sie ihn, was ein blöder Titel war, weil er ja nie fest geschossen hat, nur listig. Lieber war ihm der Name Müller, einfach Müller. Der berühmteste aller Müllers hat in seinem Leben ja auch solche Probleme gemeistert, wie sie all die anderen tausend Müllers, die man in jedem Telefonbuch einer Großstadt finden kann, auch gehabt haben könnten. Ist in Amerika nicht zurechtgekommen, hat zu viel Alkohol getrunken, das hat Schwierigkeiten in der Ehe gemacht. Aber Müller hat sich gefangen, hat irgendwann wieder Wasser getrunken, hat abgenommen, und heute sind sie beim FC Bayern fast so froh wie damals, dass sie ihn haben.

Gerd Müller sagt: „An manchen Tagen kann ich über den Trainingsplatz beim FC Bayern gehen, ohne dass jemand kommt und was will." Vielleicht liegt es daran, dass den vielen Kids, die beim Training zuschauen, der Name so geläufig ist wie der von Peter Frankenfeld oder Wim Thoelke oder Willy Brandt, Berühmtheiten aus einer anderen Zeit. Gerd Müller, der Gerd Müller, sieht mit seinem Bart, der grau wird, aus wie irgendein Herr Müller, ganz einfach eben. Aber manchmal ist es im Leben halt wie im Fußball: Müller heißen ist ganz leicht, Müller sein ganz schön schwierig.

Spieler mit 100 und mehr Bundesliga-Toren

NAME	VEREIN	TORE
Gerd Müller	FC Bayern München	365
Klaus Fischer	1. FC Köln, 1860 München, VfL Bochum, Schalke 04	268
Jupp Heynckes	Hannover 96, Bor. Mönchengladbach	220
Manfred Burgsmüller	Rot-Weiß Essen, 1. FC Nürnberg, Bor. Dortmund, Werder Bremen	213
Stefan Kuntz	Bayer Uerdingen, VfL Bochum, 1. FC Kaiserslautern, Arminia Bielefeld	179
Klaus Allofs	Fortuna Düsseldorf, 1. FC Köln, Werder Bremen	178
Dieter Müller	Kickers Offenbach, VfB Stuttgart, 1. FC Saarbrücken, 1. FC Köln	177
Ulf Kirsten*	Bayer Leverkusen	170
Johannes Löhr	1. FC Köln	166
Karl-Heinz Rummenigge	FC Bayern München	162
Bernd Hölzenbein	Eintracht Frankfurt	160
Fritz Walter	VfB Stuttgart, Waldhof Mannheim, Arminia Bielefeld	157
Thomas Allofs	Fortuna Düsseldorf, 1. FC Köln, 1. FC Kaiserslautern	148
Bernd Nickel	Eintracht Frankfurt	141
Uwe Seeler	Hamburger SV	137
Horst Hrubesch	Rot-Weiß Essen, Hamburger SV, Bor. Dortmund	136
Rudi Völler	Werder Bremen, Bayer Leverkusen, TSV 1860 München	132
Michael Zorc	Bor. Dortmund	131
Karl Allgöwer	VfB Stuttgart	129
Dieter Hoeneß	VfB Stuttgart, FC Bayern München	127
Georg Volkert	VfB Stuttgart, HSV, 1. FC Nürnberg	125
Frank Mill	Rot-Weiß Essen, Bor. Dortmund, Fortuna Düsseldorf, Bor. Mönchengladbach	123
Herbert Laumen	Bor. Mönchengladbach, 1. FC Kaiserslautern, Werder Bremen	121

Lothar Matthäus	Bor. Mönchengladbach, FC Bayern München	121
Roland Wohlfahrt	MSV Duisburg, FC Bayern München, VfL Bochum	120
Bernd Rupp	Werder Bremen, 1. FC Köln, Bor. Mönchengladbach	119
Ronald Worm	MSV Duisburg, Eintracht Braunschweig	119
Pierre Littbarski	1. FC Köln	116
Lothar Emmerich	Bor. Dortmund	115
Reiner Geye	1. FC Kaiserslautern, Fortuna Düsseldorf	113
Jürgen Klinsmann	VfB Stuttgart, FC Bayern München	110
Jürgen Grabowski	Eintracht Frankfurt	109
Klaus Toppmöller	1. FC Kaiserslautern	108
Uwe Rahn	1. FC Köln, Eintracht Frankfurt, Hertha BSC Berlin, Bor. Mönchengladbach, Fortuna Düsseldorf	107
Stephane Chapuisat	Uerdingen, Bor. Dortmund	106
Christian Schreier	Fortuna Düsseldorf, VfL Bochum, Bayer Leverkusen	106
Andreas Möller*	Eintracht Frankfurt, Bor. Dortmund, Schalke	105
Thomas von Heesen	Hamburger SV, Arminia Bielelfeld	100

(Stand Juli 2000, *noch aktiv)

Alle Torschützenkönige seit Beginn der Bundesliga

JAHR	NAME	VEREIN	TORE
2001	Sergej Barbaraez	Hamburger SV	
	Ebbe Sand	Schalke 04	je 22
2000	Martin Max	1860 München	19
1999	Michael Preetz	Hertha BSC Berlin	23
1998	Ulf Kirsten	Bayer Leverkusen	22
1997	Ulf Kirsten	Bayer Leverkusen	22
1996	Fredi Bobic	VfB Stuttgart	17
1995	Mario Basler	Werder Bremen	
	Heiko Herrlich	Bor. Mönchengladbach	je 20
1994	Stefan Kuntz	1. FC Kaiserslautern	
	Anthony Yeboah	Eintracht Frankfurt	je 18

JAHR	NAME	VEREIN	TORE
1993	Ulf Kirsten	Bayer Leverkusen	
	Anthony Yeboah	Eintracht Frankfurt	je 20
1992	Fritz Walter	VfB Stuttgart	22
1991	Roland Wohlfahrt	FC Bayern München	21
1990	Jörn Andersen	Eintracht Frankfurt	18
1989	Thomas Allofs	1. FC Köln	
	Roland Wohlfahrt	FC Bayern München	je 17
1988	Jürgen Klinsmann	VfB Stuttgart	18
1987	Uwe Rahn	Bor. Mönchengladbach	24
1986	Stefan Kuntz	VfL Bochum	22
1985	Klaus Allofs	1. FC Köln	26
1984	K.-H. Rummenigge	FC Bayern München	26
1983	Rudi Völler	Werder Bremen	23
1982	Horst Hrubesch	Hamburger SV	27
1981	K.-H. Rummenigge	FC Bayern München	29
1980	K.-H. Rummenigge	FC Bayern München	26
1979	Kaus Allofs	Fortuna Düsseldorf	22
1978	Dieter Müller	1. FC Köln	
	Gerd Müller	FC Bayern München	je 24
1977	Dieter Müller	1. FC Köln	34
1976	Klaus Fischer	Schalke 04	29
1975	Jupp Heynckes	Bor. Mönchengladbach	29
1974	Jupp Heynckes	Bor. Mönchengladbach	
	Gerd Müller	FC Bayern München	je 30
1973	Gerd Müller	FC Bayern München	36
1972	Gerd Müller	FC Bayern München	40
1971	Lothar Kobluhn	Rot-Weiß Oberhausen	24
1970	Gerd Müller	FC Bayern München	38
1969	Gerd Müller	FC Bayern München	30
1968	Hannes Löhr	1. FC Köln	27
1967	Lothar Emmerich	Bor. Dortmund	28
1966	Lothar Emmerich	Bor. Dortmund	31
1965	Rudi Brunnenmeier	1860 München	24
1964	Uwe Seeler	Hamburger SV	30

Sechs auf einen Streich
Wer hat die meisten Tore in einem Spiel geschossen?

Manchmal ist das zum Haareraufen mit den Stürmern. Da stürmen sie und stürmen sie – aber das Tor treffen sie einfach nicht. Jürgen Klinsmann hat in einer Reihe von Länderspielen 854 Minuten lang gespielt, ohne dass ein Ball von ihm über die Torlinie gekullert wäre. Dabei geht's auch anders: Ein Spieler hat in der Bundesliga sogar sechs Tore in einem einzigen Spiel geschossen, und fünffache Torschützen gibt es sogar jede Menge. Übrigens gehört auch Jürgen Klinsmann dazu, der sogar als Einziger ein „Fünferpack" auswärts geschafft hat.

Die Statistik

Sechs Tore in einem Spiel

Dieter Müller am 17.08.1977 für den 1. FC Köln
(7:2 gegen Werder Bremen)

Fünf Tore in einem Spiel

Karl-Heinz Thielen am 07.12.1963 für den 1. FC Köln
(5:1 gegen 1. FC Kaiserslautern)
Rudolf Brunnenmeier am 27.02.1965 für den
TSV 1860 München (9:0 gegen den Karlsruher SC)
Franz Brungs am 02.12.1967 für den 1. FC Nürnberg
(7:3 gegen den FC Bayern München)
Klaus Scheer am 01.09.1971 für den FC Schalke 04
(6:2 gegen den 1. FC Köln)
Gerd Müller am 19.02.1972 für den FC Bayern München
(7:0 gegen Rot-Weiß Oberhausen)
Gerd Müller am 05.05.1973 für den FC Bayern München
(6:0 gegen den 1. FC Kaiserslautern)
Gerd Müller am 12.06.1976 für den FC Bayern München
(7:4 gegen Hertha BSC Berlin)

Gerd Müller am 11.09.1976 für den FC Bayern München (9:0 gegen Tennis Bor. Berlin)
Jupp Heynckes am 29.04.1978 für Bor. Mönchengladbach (12:0 gegen Bor. Dortmund)
Manfred Burgsmüller am 06.11.1982 für den BV 09 Bor. Dortmund (11:1 gegen Arminia Bielefeld)
Atli Edvaldsson am 06.06.1983 für Fortuna Düsseldorf (5:1 gegen Eintracht Frankfurt)
Dieter Hoeneß am 25.02.1984 für den FC Bayern München (6:0 gegen Eintracht Braunschweig)
Jürgen Klinsmann am 15.03.1986 für den VfB Stuttgart (7:0 bei Fortuna Düsseldorf)
Frank Hartmann am 01.11.1986 für den 1. FC Kaiserslautern (5:1 gegen den FC Schalke 04)
Michael Tönnies am 27.08.1991 für den MSV Duisburg (6:2 gegen den Karlsruher SC)

Schwarze Tage des Fußballs
Sieben Katastrophen

24. Oktober 1998: Kaum zu glauben, was Zeitungen und Nachrichtenagenturen über diesen Tag aus dem Kongo berichten. Bei einem Fußballspiel in dem zentralafrikanischen Land, schreibt die Nachrichtenagentur *Kongo Press*, schlägt der Blitz auf dem Sportplatz in Basanga ein. Das heimische Team von Basanga übersteht den Vorfall unverletzt – aber alle elf Spieler der gegnerischen Mannschaft sterben! Auch 30 Zuschauer, so heißt es, erleiden Verbrennungen.

Wissenschaftler erklären, dass in der gerade beginnenden Regenzeit im Kongo durchaus so heftige Wärmegewitter entstehen können, dass deren Blitze viele Menschen zu töten vermögen. Eine Erklärung dafür, dass eine Mannschaft stirbt, die andere nicht, können sie aber nicht geben. Die Afrikaner suchen sich deshalb selbst eine und glauben, dass irgendjemand die gegnerische Mannschaft verhext haben muss. In Zentralkafrika ist der Glaube durch Wodu das Schicksal beeinflussen zu können, noch immer weit verbreitet. Zauberer verdienen damit eine Menge Geld. Und nicht wenige Menschen bezahlen sie auch dafür, der eigenen Fußballmannschaft zum Sieg zu verhelfen.

21. Juni 1998: Es ist der Tag, an dem die deutsche Nationalmannschaft bei der WM in Frankreich gegen Jugoslawien spielt. Das Stadion in Lens ist ausverkauft, auf dem Schwarzmarkt werden Karten für diese Partie der Vorrundengruppe F teuer gehandelt, 2000 Mark. Es sind viel mehr Menschen in die nordfranzösische Stadt gereist, als es Karten gibt.

Schon am Morgen sperrt die Polizei den Weg vom Bahnhof zum Stadion, weil hunderte deutscher Hooligans durch die Straßen ziehen, wütend, weil sie keine Karten bekommen.

Prügelnde Horden streifen immer wieder im Umfeld von Fußballspielen herum. Sie nutzen die Aufmerksamkeit für ihre Randale. Wenn sie keine gleich gesinnten Gegner finden, schlagen sie sich mit der Polizei.

Hooligans sind Gewalttäter, die sich für Fußballfans ausgeben. Sie sind aber nicht am Fußball interessiert, sondern daran, sich mit Hooligans anderer Länder Schlägereien, wahre Schlachten zu liefern. Wenn keine anderen Hooligans da sind, versuchen sie die Polizei in Auseinandersetzungen zu verwickeln. Wie in Lens. Nach dem Ende des Spieles, es ist 2:2 ausgegangen, wird eine Gruppe deutscher Hooligans von der Polizei in eine kleine Seitenstraße gedrängt. Die Rue Romuald Provost. Plötzlich sind die Männer allein in der Straße, nur noch drei Gendarmen sind da. Zwei von diesen französischen Polizisten können fliehen.

Einer nicht. Daniel Nivel. Die Hooligans rennen ihn um, er verliert dabei seinen Helm. Plötzlich entlädt sich an Daniel Nivel die ganze Wut der Hooligans. Zeugen werden später berichten, wie einer rief: „Den schlagen wir zu Brei." Dann reißt einer ein Verkehrsschild an sich und prügelt damit auf Daniel Nivel ein. Ein anderer drischt mit einem Gewehrkolben auf seinen ungeschützten Kopf.

Die Bilder von Daniel Nivel, dem französischen Polizisten, der in der kleinen Rue Romuald Provost in Lens in seinem eigenen Blut auf dem Bürgersteig liegt, gehen um die Welt. Sechs Wochen liegt der Familienvater, der 43 Jahre alt ist, als der Überfall passiert, im Koma. Nur mühsam lernt er wieder laufen und seinen Arm zu bewegen. Sprechen kann er kaum. Seine Erinnerung an den 21. Juni 1998 ist ausgelöscht.

Die Fotos von der Tat, von Pressefotografen geschossen, führen dazu, dass die Hooligans verhaftet werden können. In Deutschland gibt es eine Welle der Hilfsbereitschaft, Polizeireviere sammeln für ihren französischen Kollegen Geld. Der deutsche Bundeskanzler empfängt Nivel. Und ganz normale Menschen entschuldigen sich bei den Franzosen für die Bluttat der vier deutschen Hooligans.

Hooligans aber wüten weiter in der Welt des Fußballs, wo sie nichts verloren haben. Die Täter von Lens werden von anderen Schlägern perverserweise sogar wie Helden verehrt.

15. April 1989: Das Halbfinale um den englischen Pokal zwischen Nottingham Forrest und dem FC Liverpool soll in Sheffield ausgetragen werden. Das Stadion Hillsborough ist nicht sehr modern, in den Aufgängen zu den Tribünen fehlen Hinweisschilder. Die Liverpooler Fans nehmen deshalb die erstbesten Treppen und strömen in die Blöcke 3 und 4, obwohl die Westkurve insgesamt in sechs Blöcke aufgeteilt ist. Das Gedränge ist unerträglich. Während sich oben immer mehr Menschen ins Stadion schieben, werden unten die ersten an den hohen Eisenzaun gedrückt. Es ist wie in einem Schraubstock. Panik bricht aus. Ordner erkennen den Ernst der Lage nicht und lassen die Tore zum Innenraum geschlossen. Die Menschen werden erdrückt oder in Panik zu Tode getrampelt. 96 Menschen, überwiegend aus Liverpool, sterben.

Die Trauer in Liverpool ist so groß, dass sich im dortigen Stadion an der Anfield Road zwei Wochen täglich 30 000 Menschen treffen um gemeinsam der Toten zu gedenken. Sie lassen eine Million Blumen da. Ein Meer aus Blumen, ein Meer aus Tränen.

Die Katastrophe von Hillsborough verändert den Fußball auf der ganzen Welt. Zunächst nur in England, später in ganz Europa verschwinden Stehplätze und Zäune aus den Stadien.

29. Mai 1985: Es ist ein Mittwoch und es ist ein heißer Tag. Es ist der Tag des Finales im Europapokal der Landesmeister zwischen dem FC Liverpool und Juventus Turin. Vor allem die englischen Fans trinken, weil sie sich erfrischen wollen und ohnehin gern trinken, viel Bier und Wein. 1000 Polizisten haben Dienst rund um das Heysel-Stadion von Brüssel, weil man befürchtet, es könne zu Auseinandersetzungen zwischen Fans aus England und Italien kommen. Bis auf ein paar Pöbeleien bleibt es aber bis zum Abend friedlich. Das Spiel beginnt. Nichts deutet darauf hin, dass ein Polizist später sagen wird: „Hier ist Krieg."

60 000 Menschen sind im Stadion. Plötzlich fliegen Steine aus dem Block der Engländer in den der Italiener. Es kommt zu Auseinandersetzungen. Aber das hat es schon öfter gegeben, deshalb

denkt sich noch niemand etwas. In den Tumulten stürzt eine Mauer ein. Obwohl schon die ersten Menschen sterben, geht das Spiel weiter, und es wird auch weiter im Fernsehen übertragen. Live werden Millionen Menschen Zeugen einer Tragödie. Am Ende sind 39 Menschen tot, darunter 27 Italiener.

11. Mai 1985: Es ist Samstag, im Stadion von Bradford sind die 11 000 Zuschauer bester Stimmung. Schon ehe das letzte Spiel der Saison gegen Lincoln City angepfiffen wird, steht der Bradford FC als Meister der Dritten Liga fest. Die Fans feiern den Aufstieg, auch der Pokal wird schon vor Spielbeginn überreicht. Sonntag soll die große Meisterfeier steigen. Das Spiel beginnt. Als nach etwa 35 Minuten etwas Qualm am nördlichen Ende der Haupttribüne aufsteigt, beunruhigt das noch niemanden. Dabei beginnt gerade ein Inferno.

Zehn Minuten lang ist nach Zeugenaussagen der Rauch zu sehen, ohne dass jemand einschreitet. Die Tribüne in Bradford ist aus Holz, sie stammt noch aus einer anderen Zeit. Schon 1906 standen darauf Zuschauer. Plötzlich schlagen Flammen aus dem Fußboden der Tribüne, drei Meter hoch. Sie erfassen die Streben zum Dach, schließlich das Dach selbst. Die meisten Besucher können sich durch einen Sprung auf den Rasen retten. Es gibt in Bradford – Gott sei Dank – noch keine Zäune zwischen Tribüne und Spielfeld. Diejenigen aber, die zu den Ausgängen laufen, rennen in eine Falle. Die Türen sind verschlossen um zu verhindern, dass Zuschauer ohne zu bezahlen ins Stadion gelangen.

53 Menschen sterben, darunter elf Kinder. Untersuchungen ergeben später, dass eine weggeworfene Zigarette Auslöser des verheerenden Brandes war.

6. Februar 1958: Es soll nur eine Zwischenlandung werden in München. Manchester United befindet sich auf dem Heimflug von Belgrad nach England. In Belgrad hatte die Mannschaft am Abend zuvor das Halbfinale des Europapokals erreicht. Die Maschine für den Flug zu einem Europapokalspiel hatte der Verein extra gemietet. Das Flugzeug heißt Lord Burleigh. Da es keinen

Treibstoff mehr hatte, sollte auf dem Flughafen München-Riem nachgetankt werden. Als die Maschine wieder starten will, stimmt etwas nicht. Zweimal bricht der Pilot den Start ab. Die Startbahn ist schneebedeckt.

Auch im dritten Versuch gelingt es nicht, Lord Burleigh vom Boden zu bringen. Um 16.03 Uhr rutscht das Flugzeug über die Piste hinaus und knallt in eine Böschung. Später sagt das Luftfahrtbundesamt, die Tragflächen seien vereist gewesen, weswegen Lord Burleigh nicht habe abheben können. 23 Menschen sterben an Bord der Maschine, darunter acht Spieler von Manchester United. Das macht die Elf zur berühmtesten der Welt. „Der Tag, an dem eine Mannschaft starb", wie ein britischer Sportjournalist schreibt, wird den Briten für immer in Erinnerung bleiben.

14. Mai 1949: Die Fußballmannschaft von Torino Calcio ist die erfolgreichste ihrer Zeit in Italien. Sie hat viermal hintereinander die italienische Meisterschaft gewonnen und in ihrem eigenen Stadion, das „Filadelfia" heißt, ist sie seit Januar 1943 ungeschlagen. Mehr als sechs Jahre lang. In der laufenden Meisterschaft, in der noch vier Runden zu spielen sind, ist Calcio schon wieder Erster. Um sich für die Schlussphase der Meisterschaft einzuspielen, hat Torino Calcio ein Freundschaftsspiel in Portugal gespielt, gegen Benfica Lissabon. Die Italiener verloren es mit 3:4. Jetzt befinden sie sich auf dem Rückflug.

Es ist 17.05 Uhr, über Turin liegt Nebel. In der kleinen Propellermaschine sitzen 18 Spieler, zwei Trainer, ein Masseur, zwei Klubmanager und drei Sportjournalisten. Fünf Besatzungsmitglieder der Fluggesellschaft sind an Bord. Beim Landeanflug auf Turin müssen Flugzeuge den Hausberg von Turin überfliegen. Doch dieses Flugzeug schafft es nicht. Es zerschellt am Hügel der Superga, alle Insassen sterben. Die Trauer in Italien ist groß. Das Parlament schließt seine Pforten, es wird Staatstrauer ausgerufen. Der Meistertitel wird der Mannschaft ehrenhalber verliehen.

2. Fußball heute – Porträts, Geschichten und eine Kultrede

PUMA
DBV

Einmal New York und zurück
Lothar Matthäus machte Weltkarriere

Es gibt nicht viele Namen von Fußballern, die in New York mehr als ein fragendes Schulterzucken auslösen. In einer Stadt wie dieser, in der die Häuser in den Himmel wachsen und die Kanalisation so riesig ist, dass kleine U-Boote sie auf Schäden untersuchen, ist Fußball keine große Sache. Man spielt dort Eishockey und Basketball, Football und Baseball, man liegt im Central Park oder geht zum Madison Square Garden, wo jeder Musik-Weltstar auf Tournee auftritt. Fußball? Von Franz Beckenbauer haben manche New Yorker schon einmal gehört, weil er vor rund 20 Jahren bei Cosmos New York spielte. Pelé war sein Mannschaftskamerad, auch den Brasilianer kennt man. Cosmos New York war damals eine berühmte Mannschaft in einer weniger berühmten Liga. In einer „Operettenliga", spotteten die Kritiker in Europa, wo alternde Fußballstars ihr Gnadenbrot verdienten.

> Schiedsrichter kommt für mich nicht infrage, schon eher etwas, was mit Fußball zu tun hat.
>
> LOTHAR MATTHÄUS

Nun haben die New Yorker noch einen Fußballer kennengelernt. Einen richtigen Franken, der zwischen Fifth Avenue und World Trade Center flanierte, in den Coffeeshops seinen Donut mampfte und am Broadway alle berühmten Musicals dieser Welt anschauen konnte. Amerika kennt jetzt Lothar Matthäus.

Manche nennen ihn den letzten Weltstar aus Deutschland, sie haben nicht ganz Unrecht. In Mexiko laufen Kinder mit Lothar-Matthäus-Trikots herum. In Italien wird er verehrt, seit er bei Inter Mailand spielte. Die Jugoslawen raunen noch ehrfürchtig von jenem Tor, das Matthäus bei der WM 1990 gegen sie schoss. Und wenn der FC Bayern im Europapokal irgendwohin reiste, stürzten sich die Reporter ob in Russland, Schottland oder Schweden zunächst auf Lothar Matthäus.

Der letzte Weltstar: Lothar Matthäus, Jahrgang 1960, beendete seine Karriere in New York.

In ihm vereinigen sich alle Träume, die Teenager vom Leben als Fußballstar haben können. Er ist in einem kleinen Dorf aufgewachsen, Herzogenaurach, hat mit seinen Kumpels gekickt und eine anständige Lehre gemacht. Matthäus ist gelernter Raumausstatter. Später sagte er, als ihm das ein bisschen wenig vorkam, es hätte „mal Richtung Innenarchitektur" gehen sollen. Als ob er sich größer machen müsste, als er ist. Denn vor der Architektur kamen die Entdecker aus dem Fußball-Schlaraffenland und holten ihn nach Mönchengladbach. Dort spielte er schon mit 18 Jahren in der Bundesliga.

Von da an gab es kein Halten mehr.

Matthäus überstand vieles in seiner Karriere, woran andere gescheitert sind. Er wechselte von Mönchengladbach zum Erzfeind Bayern München, er kurierte Risse von Achillessehne und Kreuzband. Zweimal wurde er geschieden, jedes Mal mit großem Getöse in der Presse. Vor allem, als die Lololo-Familie auseinander brach – Lothar, Lolita, Loris, der Sohn –, verging kein Tag ohne Matthäus-Schlagzeile in den Zeitungen mit den großen Buchstaben und den kurzen Sätzen.

Matthäus schrieb ein Tagebuch („Mein Tagebuch") und flog fast aus dem Verein. Aus der Nationalmannschaft flog er tatsächlich, weil er immer wieder behauptete, Jürgen Klinsmann würde hinter seinem Rücken gegen ihn stänkern.

Und jedes Mal hieß es: Nun ist es aus mit Lothar Matthäus. Aber der hat den „Sand nie in den Kopf" gesteckt, wie er selbst mal so schön sagte. Und als es jene, die ihn totsagten, schon lange nicht mehr gab, kickte „der Leitwolf" (Franz Beckenbauer) mit dem schnellen Mundwerk immer noch.

Lothar Matthäus ist der einzige Feldspieler der Welt, der bei fünf Weltmeisterschaften dabei war (1982 Spanien, 1986 Mexiko, 1990 Italien, 1994 USA, 1998 Frankreich). Und zwischenzeitlich war er sogar der Rekord-Nationalspieler weltweit mit 150 Einsätzen in Länderspielen. Nur das mit New York hatte, trotz aller Schönheit und Spannung dieser Stadt, einen kleinen Haken. Die New York Metro Stars, wie Matthäus' Klub hieß, waren die schlechteste Fußballmannschaft Amerikas …

Die Geburt eines Stars. Wie aus Ronaldinchen der gefeierte Ronaldinho wurde

Manchmal geht es Fußballfans wie Astronomen, jenen Wissenschaftlern also, die den Himmel erforschen und zu erklären versuchen wie Sterne geboren werden. Dazu fangen sie das Licht ein, das die Sterne vor Millionen von Jahren ausgesandt haben und das so lange brauchte, bis es die Erde erreichte. So kann man von hier aus beobachten, wie ein Stern geboren wird, obwohl es den tatsächlich schon seit Urzeiten gibt oder er sogar schon längst wieder verglüht ist – wie ein Schneemann, der in der Sonne schmilzt. Die Geburt eines Sternes zu sehen, ist der Höhepunkt eines Astronomenlebens. Fußballfans merken manchmal auch erst viel später, dass sie bei der Geburt eines Stars dabei waren, eines neuen Sterns am Fußballhimmel. Erst wenn der Name hell leuchtet, wenn er in fetten Buchstaben aus der Zeitung springt, erinnert man sich daran: Damals, als der Star noch ein ganz kleines Licht war, hat man ihn schon spielen sehen. Und dann versucht man sich daran zu erinnern, ob man nicht damals schon erkennen konnte: Mensch, das wird mal einer, ein Star, ein Großer am Ball.

Im Sommer 1999 fand in Südamerika wahrscheinlich die Geburt eines Stars statt, nein, ganz sicher sogar. In Paraguay wurde die Südamerika-Meisterschaft ausgetragen, und die Brasilianer spielten mit. Brasilien ist der Himmel des Fußballs, dort glänzen so viele helle Sterne auf dem Rasen wie in einer klaren Nacht am Firmament – und tatsächlich tragen die Brasilianer ja auch diese wunderbaren gelben Trikots. Es sind die schönsten Trikots, die der Fußball kennt. Die schönsten Trikots für die besten Fußballer. Und doch leuchten auch unter den Brasilianern manche Namen noch heller als die anderen.

Und dieser Ronaldinho, der kleine Ronaldo, gehörte schon nach wenigen Spielen zu den allerhellsten Sternen. Er schoss bei der Südamerika-Meisterschaft, die Brasilien gewann, ein Tor. Das genügte, um in seinem Heimatland, wo die Menschen nur die Samba mehr lieben als den Fußball, zum Star zu werden. Ein paar Wochen später reisten die Brasilianer mit Ronaldinho, der nun schon ein kleiner Star war, nach Mexiko zum Confederation Cup. Dort ging die Geschichte, wie ein Star geboren wird, weiter. Und sie ging so:

Ronaldo de Assis Moreira drückt sich an die Wand, als die

Welle zur Tür hereinschwappt. Sie spült Kameras und Scheinwerfer und Mikrofone in den Saal; jemand verlegt meterlange Kabel in einer Eile, als beginne hier in einer Minute die Rede zur Lage der Nation. So ähnlich ist es ja auch. Kein Wort, das hier gesprochen wird, verhallt in Brasilien ungehört.

30 Minuten haben die Journalisten an diesem besonderen Tag Zeit, 30 Minuten mit allen brasilianischen Fußball-Nationalspielern in einem Raum. Und alle Spieler haben diese gelben Hemden angezogen, wie auf dem Platz, wo das Gelb so hell leuchtet, als sei die Sonne ein Fußball. Eine halbe Stunde für so viel Gelb, das ist wenig Zeit.

Die brasilianischen Journalisten nennen diese halbe Stunde der freien Rede „das Fenster". Es ist ein seltener Blick hinein ins Innere der heiligen *Seleçao*, wie die brasilianische Fußballauswahl heißt. Bis sich die Masse orientiert hat, wer wo sitzt oder steht, bleibt Ronaldo de Assis Moreira alleine an seiner Wand, die mit grünem Tuch bezogen ist. Es ist ein teures Hotel, in dem die Brasilianer wohnen, aber während des Confederation Cups 1999 ein Tollhaus. An der Fassade hat die Leitung des Crowne Plaza in Guadalajara ein riesiges Banner aufhängen lassen: Willkommen unseren Gästen, der *equipo brazil*, der brasilianischen Mannschaft. Genauso könnte eine Bank plakatieren: Der Tresor steht offen, unser Wachpersonal ist beim Essen.

Direkt links neben der Tür hocken die Ersatzspieler, an ihnen hetzt die Meute einfach vorbei, in die Mitte des Saales. Dort ist Alex, der neulich zwei Tore gegen Deutschland geschossen hat; um Zé Roberto hat sich eine Menschentraube gebildet; Emerson lümmelt einer Fernsehkamera gegenüber. Zuerst sind es nur ein paar Reporter, die den kleinen Ronaldo gleich gefunden haben. Der kleine Ronaldo: Ronaldinho. „Wie ist das Leben als Star", wird er gefragt. „Wunderbar", flüstert er, „so viel Aufmerksamkeit, davon habe ich immer geträumt."

Ronaldinho aus Porto Alegre hatte in diesem Jahr das entscheidende Tor zur Gaucho-Meisterschaft geschossen; so heißt der südbrasilianische Titel, weil die Menschen aus diesem Teil

Im Trainingslager

des Landes *Gauchos* genannt werden. Ronaldinho stand auch in der Siegerelf im Finale der Copa del Sur, dem südbrasilianischen Pokal. Er war also nur eine regionale Größe in einem riesigen Land wie Brasilien, wo alle den gleichen Traum träumen – von der *Seleçao* und dem gelben Trikot. 1997 wurde er in Ägypten U-17-Weltmeister und noch im selben Jahr Profi bei Grêmio Porto Alegre. Für diesen Klub spielt er, seit er sieben ist.

„Ronaldinho, Real Madrid ist interessiert", sagt ein Reporter jetzt, zwei Jahre später, und es klingt wie eine Selbstverständlichkeit, als habe ein Verein aus der Nachbarstadt nachgefragt und nicht der berühmteste Klub der Welt. „Daran verschwende ich keinen Gedanken", erwidert Ronaldinho, „ich denke nur an den nächsten Gegner." Er ist so brav.

Kameras, Scheinwerfer und Kabel bewegen sich wie eine Wanderbaustelle durch den Saal, um die Legende eines 19-Jährigen zu zimmern. Noch 15 Minuten Zeit hat die Presse, Ronaldinho hat sich in den Raum hineingetraut. 178 cm, 70 kg, sechs Länderspiele und zwei Tore bis zu diesem Tag, dem 29. Juli 1999. Eines schoss er bei einem 4:0 gegen Deutschland, es war ein im Nachschuss verwandelter Elfmeter, nichts Besonderes. Das andere Tor, das erste, war ein außerirdisches.

Gegen Venezuela (7:0), in der Vorrunde um die Copa America, lupfte er in seinem zweiten Länderspiel den Ball über einen Abwehrspieler, nahm ihn mit der Hacke mit, umspielte einen weiteren Gegner und schoss ins Tor. Paraguays Tageszeitung *Noticias* notierte aufgeregt „ein Tor von einem weit entfernten Planeten". Das war der Anfang von allem. Kleine Mädchen schrieben einen langen Liebesbrief auf eine Rolle Toilettenpapier. Weil das so ungewöhnlich war, durften sie ihren Brief an Ronaldinho, den tags zuvor kaum jemand gekannt hatte, live im Fernsehen vorlesen.

Ein Fernsehsender hat sich eine Umfrage unter den Spielern vorgenommen, Thema: das mexikanische Hotelessen.

„Ronaldinho, ist dir das mexikanische Essen zu scharf?" – „Ja, es ist mir zu scharf. Ich bin froh, dass wir hier unser eigenes Essen bekommen.“ Zu Hause in Porto Alegre, Rio Grande del Sud, 1,5 Millionen Einwohner, gibt es Bohnen, Reis, Beefsteak, Salat. Mildere Kost.

„Mein Leben hat sich nicht verändert“, sagt er, als hätten ihn schon früher drei Dutzend schwitzende Menschen in einem Wald von Mikrofonen ausgesetzt. Ronaldinho ist 19, er ist „das neue Idol“, jubelt der brasilianische Fußballverband auf seiner Homepage im Internet. Es geht schnell mit den Idolen.

Gerade war es noch Ronaldo Luiz Nazário de Lima, 22 Jahre, 48 Länderspiele, 30 Tore. Der richtige Ronaldo. Um die beiden zu unterscheiden, hat man den einen Ronaldinchen genannt. Es gibt so viele dieser talentierten Fußballer in Brasilien, dass manche halt den gleichen Vornamen tragen. Und dann gibt es noch Alex und Warley und Roni, Athirson und Beto, keiner in diesem Sommer 1999 älter als 21, 22 Jahre. Bald sind sie alle Stars. Oder nicht? „Jede Minute“, sagt Wanderley Luxemburgo, der damalige brasilianische Nationaltrainer, werde in Brasilien ein Fußballgenie geboren. Kein Wunder, dass bei diesem Babyboom die Nationalmannschaft immer jünger wird.

> Mein Problem ist, dass ich immer sehr selbstkritisch bin, auch mir selbst gegenüber.
>
> ANDY MÖLLER

Ronaldinho. Er spricht mit der Stimme eines Jungen und hat das Gesicht eines Kindes. Überbiss und Unterernährung, Kulleraugen und Schlafzimmerblick. Manches an ihm sieht aus, als müsse es noch sortiert werden. Aber die Beine, diese kräftigen, schnellen Beine sollen heute schon mehr als 30 Millionen Dollar wert sein. Vor Real Madrid hatte sich Arsenal London angestrengt ihn aus der Heimat wegzuholen. Aber der Präsident seines Vereins in Porto Alegre wehrte sich vehement dagegen, Ronaldinho, der für ihn in 17 Spielen 15 Tore schoss, zu verkaufen. Wenigstens tat er so, vielleicht hatte er einfach nur Angst vor den Fans. Als nämlich der Vereinspräsident von Cruzeiro 1994

Ronaldo, den richtigen Ronaldo, nach Eindhoven verkaufte, warfen ihm empörte Anhänger die Fenster seines Hauses ein.

Ronaldinho hat die schreibende Presse hinter sich gelassen und kommt zum Fernsehen. Den Reporter von *TV Globo* begrüßt er herzlich, die Oberlippe rutscht weit über die mächtigen Schneidezähne. Dieses Lächeln könnte Eisberge schmelzen. „Gegen Deutschland", sagt Ronaldinho, „haben meine Dribblings nicht geklappt." 4:0 ohne Ronaldinhos Dribblings. Diese Mannschaft, hoffen die brasilianischen Fans, soll an das große Team von 1970 anschließen. Mauri Tagliaffei vom Fernsehsender *TV Globo* fragt: „Ronaldinho, fühlst du dich als Nummer 10?" Das ist der Code für eine Frage, die im Klartext vermessen klänge: Ronaldinho, bist du der neue Pelé?

Pelé trug früher auch die 10 auf dem sonnengelben Trikot – er war der beste Fußballer der Welt, sagen manche.

Ronaldinho ist an der anderen Seite des Saals angekommen, wieder an einer Wand aus Tuch – man erwartet, dass der rote Feuermelder über ihm vor Aufregung klingelt. Wie Jalousien rollen die Lider bis zur Mitte dieser riesigen, runden Augen herunter, um sie vor dem grellen Scheinwerferlicht zu schützen. „Oh, nein, nein", sagt Ronaldinho, „ich bin hier nur ein junger Spieler, der versucht seinen Raum zu finden."

Man weiß nicht, was man ihm wünschen sollte. Die brasilianische Nationalmannschaft gehört dem Sportartikelhersteller Nike, der auch die besten Spieler persönlich unter Vertrag nimmt. Ronaldinho spielt seit Sommer 2000 in Paris. Dabei sah es ein halbes Jahr vorher nicht so aus, als würde er problemlos in Europa zurechtkommen. Er war ja noch nie lange weg aus Porto Alegre. Ronaldinho hatte Wanderley Luxemburgo als Trainer, vielleicht war das sein Glück. Luxemburgo ist, sagt Assistenzcoach Candiño, ein „moderner Trainer, dessen Methoden Teamgeist und Teamwork fördern".

Mit Luxemburgo war die Psychologin Suzi Fleury zur brasilianischen Nationalmannschaft gekommen, um den Spielern die Ängste zu nehmen und die Traurigkeit, die der Fußball mit sich bringen kann. Es ist ja nicht so leicht für die vielen jungen Ballzauberer, die manchmal nie mehr als ihr heruntergekommenes Stadtviertel gesehen haben und den staubigen Fußballplatz, plötzlich herumzureisen und zu erkennen, wie groß und einsam diese Welt sein kann. Ronaldinhos Augen können bestimmt sehr traurig werden. Luxemburgos Vorgänger Mario Zagallo lehnte solche Hilfe ab. „Ich bin der Psychologe", pflegte er zu sagen. Manche Spieler, die Hilfe gebraucht hätten, wurden so zum Problem, sogar der große Ronaldo. Was wohl aus Ronaldinho werden wird?

„Aus, Schluss", ruft Carlos Lemos, Pressechef des Verbandes. Die halbe Stunde für die Journalisten ist vorbei, vorbei auch der Schwall von Fragen und Behauptungen, Anbiederei und Zuneigung. Draußen am Pool geht es weiter. Fotos werden geschossen, damit die Worte auf dem Weg in die Heimat auch Begleitung haben. Eine junge Frau drängt sich ins Bild. Niemand kennt sie. Vielleicht ist sie ein Hotelgast, vielleicht nur raffiniert. Sie sieht aus wie ein Model, so blond wie Suzana Werner, die ihre Karriere einst damit befeuerte, die Verlobte des großen Ronaldo zu sein.

Weil Ronaldinho nicht gelernt hat misstrauisch zu sein, schmiegt er sich schüchtern an die Fremde; die Fotografen wünschen das. Man wird in Brasilien viele Fragen stellen nach der Frau an der Seite von Ronaldo de Assis Moreira.

Das Phänomen im goldenen Käfig
Ronaldos Weg von unten nach oben und zurück

„Ich habe immer davon geträumt, dahin zu kommen, wo ich jetzt bin. Ich wollte nicht einfach nur ein Fußballer von vielen sein. Ich sage das ohne falsche Bescheidenheit, ich wollte die Geschichte des Fußballs meiner Epoche prägen, anders sein, originelle, schöne Tore schießen." (Ronaldo, 1997)

Wer so etwas sagt, steht normalerweise am Ende seiner Karriere.

Es ist ein Satz voller Vergangenheit. Als sitze man müde in einem Schaukelstuhl, den kleinen Enkel auf dem Schoß und die Strickjacke über der Schulter und erzähle, was man schon alles geleistet hat in seinem langen, langen Leben. Und der so etwas sagt, hat wahrscheinlich einen langen weißen Bart oder wenigstens ein paar Fältchen um die Augen.

Aber Ronaldo hatte keine weißen Haare, als er schon glaubte „die Geschichte des Fußballs" zu prägen. Oder wenigstens weiß man nicht, welche Farbe seine Haare haben. Denn gewöhnlich trägt Ronaldo eine blank polierte Glatze, sein Kopf sieht deshalb aus wie eine große, schokobraune Kegelkugel mit zwei schwarzen Knopfaugen. Es sind wache Augen mit einem gewitzten Blick. Kein einziges Fältchen zu erkennen. Und aus seinem Mund wachsen zwei mächtige Zähne, die ihn aussehen lassen wie einen Teenager, der vergessen hat seine Spange anzulegen. Als Ronaldo Bilanz zog und sagte, er sei schon am Ziel seiner Träume, war er gerade mal 21 Jahre alt.

Für ein paar Momente glaubte man tatsächlich, dass es so einen wie Ronaldo Luiz Nazario de Lima noch nie gegeben hat in der großen, weiten Welt des Fußballs. Plötzlich war er da, der Junge aus Bento Ribeiro/Brasilien, und neben ihm sahen all die anderen auf einem Fußballplatz aus, als hätten sie in ihrem bisherigen Leben irgendetwas gemacht – bloß ganz bestimmt nicht hauptberuflich Fußball gespielt. Fußball war das, was Ronaldo machte, der freundliche Junge mit den Hasenzähnen, der auch solche Haken schlug. Alle anderen? Bolzten, traten unbeholfen gegen die Pille. Ronaldo aber zauberte auf dem Rasen, als sei er David Copperfield in einem sonnengelben Trikot. Er ließ den Ball zwischen seinen Beinen verschwinden oder wie an einer unsichtbaren Schnur auf seiner Fußspitze tanzen. Kein Verteidiger konnte gegen ihn bestehen, weil er immer schon wieder woanders war, wenn die Abwehrspieler ihn sich vorknöpfen wollten. Wie im Märchen vom Hasen und Igel. Schwuppdiwupp, ein Sprint, eine Finte, Hacke, Spitze, rechts angetäuscht, links vorbei. Das Publikum raunte, wenn Ronaldo Luiz Nazario de

Phänomen oder Phantom: Ronaldos Blitzkarriere geriet irgendwann ins Stocken. Niemand weiß, ob er noch einmal so gut wird, wie er war.

Lima am Ball war – die Menschen nannten ihn atemlos *il fenomeno*, das Phänomen.

Erfolg hat natürlich seinen Preis, vor allem für die Vereine, die Ronaldo haben wollten. Anfangs war er nur ein brasilianisches Talent, wovon es so viele geben mag wie Sandkörner an der Copa Cabana, dem berühmtesten Strand von Rio de Janeiro. Als er zu Inter Mailand wechselte, wurde Ronaldo zu einem der bestverdienenden Fußballer der Welt, die Italiener bezahlten über 50 Millionen Mark Ablösesumme für „das Phänomen". Aber auch Ronaldo selbst zahlte seinen Preis für den Erfolg: Schon als 17-Jähriger musste er seine Heimat verlassen, die Eltern und die Freunde. Er zog von Brasilien nach Holland, zum PSV Eindhoven. Ein Talent, das versucht sein Talent zu nutzen. Vielleicht war der Ball die einzige Chance, die Ronaldo Luiz Nazario de Lima je besessen hat.

Holland – Brasilien. Der Unterschied ist kaum größer denkbar. Hier das weite Land in Südamerika, wo sie am Sandstrand Fußball mit der Sonne spielen – dort das enge Europa, wo es meistens regnet und die Sandstrände mit Wohnwagen zugeparkt sind. Die Gefahren, dass ein 17-jähriger brasilianischer Fußballer in Europa nicht zum Star wird, ist um ein Vielfaches größer als die Chance zweimal Weltfußballer des Jahres zu werden. Ronaldo wurde 1997 zum besten Fußballer der Welt gewählt und 1998 wieder. Als im selben Jahr die Weltmeisterschaft in Frankreich begann, wartete ganz Brasilien darauf, dass aus Ronaldo endgültig der neue Pelé werden würde. (Brasilianer erwarten allerdings von jedem ihrer Sambafußballer, der besser ist als der Durchschnitt, dass aus ihm ein neuer Pelé wird.)

Pelé hatte 40 Jahre zuvor, 1958 bei der Weltmeisterschaft in Schweden, als 17-Jähriger sechs Tore im wichtigsten Turnier der Welt geschossen. Brasilien wurde vor allem wegen dieser Tore Weltmeister. Und Pelé? Er wurde zum größten Star, den der Fußballsport jemals kannte. Heute halten ihn viele für den besten Spieler des vergangenen Jahrhunderts. Er war Sportminister seines Landes und die Brasilianer verehren ihn ungefähr so, wie die

Deutschen es tun würden, wenn sie sich einen neuen Star aus Franz Beckenbauer, Boris Becker, Michael Schumacher und Max Schmeling zusammenbasteln dürften. Pelé ist also ein ziemlich großes Vorbild für alle, die seine Nachfolger werden wollen oder sollen. Alle waren gescheitert und Ronaldo war nur einer mehr auf der Liste jener, die nicht an dem Maßstab Pelé zerbrechen wollten. Aber noch nie hatte einer bessere Voraussetzungen.

Das war die Ausgangsposition, als 1998 die WM in Frankreich begann. Bis dahin hatte Ronaldos Karriere als Fußballer einer kerzengeraden Linie gehorcht, einer steil nach oben gerichteten Linie, die ihm den Weg in den Olymp des Sports wies. Er war von Eindhoven nach Barcelona gewechselt, zu einem der größten Vereine der Welt, und von dort weiter zu Inter Mailand. Er schoss jede Menge Tore in Spanien und in Italien und in der Nationalmannschaft. Die Menschen mochten ihn, weil er sich wie ein großer, braver Junge benahm. Er war ja auch ein braver Junge, hatte Suzana Werner zur Freundin, ein blondes Fotomodel, und freudig schrieben die brasilianischen Zeitungen, Ronaldo würde Suzana nach der WM bestimmt heiraten.

Und Ronaldo hatte auch einen Privatvertrag mit der Firma Nike, die Schuhe und Trikots mit seinem lustigen Gesicht und seinem überirdischen Namen verkaufte. Als Nike den Superstar Ronaldo als Werbepartner vorstellte, schossen die Aktien des Unternehmens um 15 Prozent in die Höhe. Das ist eine ganze Menge.

Alles schien gerichtet, es musste einfach Ronaldos WM werden, denn Ronaldo war doch der Fußballer des kommenden Jahrtausends.

Und dann lief es auch gar nicht mal so schlecht. Ronaldo schoss schon vor dem Endspiel vier Tore und gab drei Vorlagen zu Toren. Er meckerte nicht, wenn man ihn schlecht anspielte oder foulte, er war so artig wie immer. Aber er lachte auch selten. Im Grunde lachte er nie. Und es dauerte auch nicht lange, da stellten die Zuschauer fest, dass Ronaldo trotz seiner Tore und seiner Vorlagen keine sehr große WM spielte. Er hatte Schmerzen im Knie und keiner wusste, woher sie kamen. Übergewicht, sagten die einen, Medikamente, tuschelten die anderen. Es gibt Tabletten und Spritzen, die lassen die Patienten aufgehen wie einen Hefekuchen. Beim Training, das vom Fernsehen täglich live nach Brasilien übertragen wurde und das jedes Mal gut 2000 Menschen verfolgten, lief Ronaldo meistens nur ein paar Runden, dann winkte er kurz zu den Fans und stapfte wieder in die Kabine zurück.

> Ich fliege irgendwo in den Süden. Vielleicht nach Kanada oder so.
>
> MEHMET SCHOLL

Was war nur mit ihm? Schnell wurden die Geschichten, die über den braven Jungen geschrieben wurden, etwas rauer. Es war zu lesen, dass der 21-jährige Superstar einen Lagerkoller habe, schließlich war er wie die gesamte Mannschaft wochenlang praktisch eingesperrt, um Weltmeister zu werden. Und dann erzählten sich die Menschen in Frankreich, dass Ronaldo sich Schokoladenkuchen auf sein Zimmer bringen lasse, jeden Abend. (Das wäre immerhin besser als Tabletten und Spritzen, die dick machen.) Es hieß, dass ihm seine Familie auf die Nerven ginge, die Mutter, die Geschwister, die er alle mitgebracht hatte zur WM nach Frankreich und die nun jeden Tag um ihn herum waren.

Und man lernte die Geschichte seines Vaters kennen. Ronaldos Vater war ein Alkoholiker, der die Familie verlassen hatte, als der Sohn ein kleiner Pimpf war, der schrie und satt werden wollte. Zehn Jahre ließ sich Ronaldo Senior nicht blicken. Nun, da der Sohn berühmt und reich war und nicht mehr gefüttert werden musste, sondern von goldenen Tellern essen konnte, kam auch der Vater zurück. Und mit nach Frankreich.

Plötzlich bekam man eine Gänsehaut, wenn man an Ronaldo dachte, den Kronprinzen des Fußballs, der womöglich in einem goldenen Käfig gefangen war. Alles schien so glatt zu laufen in seinem Leben, die Freundin, das Geld, die vielen Tore, keine Skandale – aber vielleicht auch keine Jugend, keine Feten, keine

Fehler, die einen schlauer machen. Mit 21 Jahren war Ronaldo schon so weit gereist, wie 99 Prozent seiner brasilianischen Landsleute ihr ganzes Leben nicht kommen. Für viele Brasilianer endet die Welt an der Bushaltestelle in der nächsten Stadt. Reicher als sie war er sowieso. Und vielleicht auch trauriger.

Dann kam das Finale. Ronaldos Finale, dachte die ganze Welt, aber Frankreich gewann 3:0 gegen Brasilien. Ronaldo war hinterher nur deshalb ein Thema, weil er über den Platz lief wie jemand, der nur so tat, als wäre er Ronaldo, der aber nicht so Fußball spielte. Eigentlich spielte Ronaldo überhaupt nicht Fußball an diesem Abend im Stade de France, als die ganze Welt zuschaute. Er war nur körperlich anwesend – und hinterher wurden schlimme Geschichten bekannt. Ronaldo hatte nur ein paar Stunden vor dem Spiel in der Umkleidekabine einen Anfall erlitten, Krämpfe schüttelten ihn. Sein Mannschaftskamerad Roberto Carlos sagte hinterher aufgeregt: „Ich fürchtete um sein Leben." Erst ein paar Minuten vor Anpfiff des Spiels in Paris hatten die Ärzte gesagt, es bestehe kein Risiko, die berühmte Nummer 9 könne mitspielen. Er hätte es besser sein lassen.

Was genau Ronaldo an diesem Tag des WM-Endspiels quälte, ist bis heute nicht endgültig geklärt worden. Von einer falschen Mischung von Medikamenten wegen seines schmerzenden Knies über einen epileptischen Anfall bis zu übergroßer Nervosität wurden allerlei Möglichkeiten diskutiert. Manche behaupteten sogar, Nike, die Firma, die Ronaldo jedes Jahr drei Millionen Dollar bezahlt, damit er in ihren Schuhen spielt und für sie Werbung macht, habe darauf bestanden, dass der kranke Stürmer aufläuft. Ein Siegerfoto ohne den Superstar Ronaldo würde sich nicht vermarkten lassen. An manchen Tagen nach dem verlorenen Endspiel lasen sich dic immer neuen Geschichten über Ronaldos Zusammenbruch wie ein Krimi.

Ronaldo floh nach Brasilien. Seine Mutter kochte für ihn. Nach dieser Weltmeisterschaft war die phänomenale Nummer 9 nie mehr das, was sie vorher war. 47 Tore hatte er in der Saison 1997/98 für Inter Mailand geschossen, vor der WM. In der Spielzeit danach hatte er Mühe, ein Dutzend zusammenzubekommen. Sein rechtes Knie, sagte er selbst, sei dauerhaft entzündet. Er würde nie mehr derjenige werden, der er einmal war. Natürlich widersprachen sein Verein und sein Sponsor sofort. „Selbstverständlich wird Ronaldo wieder gesund", sagten sie. Die italienischen und brasilianischen Zeitungen schrieben immer öfter von Depressionen, wenn sie über Ronaldo schrieben.

In Mailand ist der Himmel ebenso oft grau wie in Eindhoven, da kann man schon traurig werden, wenn man an die Sonne der Heimat denkt. Ronaldo lebte in Mailand in einer 300 Quadratmeter großen Wohnung, sehr schick, sehr teuer. Aber als er einmal Fotografen hineinließ, zeigten die Bilder, wie leer die vielen Räume waren. So lebt man nicht, wenn man sich irgendwo zu Hause fühlt. Plötzlich hieß es, der höfliche Junge sei menschenscheu und ein wenig eigenartig. Man konnte lesen, dass er seine riesige Wohnung kaum verlasse.

Aus dem Spieler, den die Welt ehrfürchtig *il fenomeno* taufte, das Phänomen, war ein Phantom geworden, ein Geisterwesen, das in einer Geschichte die Hauptrolle spielt, deren Ende noch nicht geschrieben ist. Ob es den Ronaldo, wie man ihn einmal kannte, jemals wieder geben wird? Suzana Werner, das blonde Model an seiner Seite, hat vielleicht nicht mehr daran geglaubt. Die Verlobung wurde mit einem großen Knall gelöst und Ronaldo wurde noch ein bisschen einsamer.

Wörtlich genommen
Seltsame Ausdrücke aus der Fußballsprache

Hängende Spitze: Die Zeiten sind ja zum Glück vorbei, da man jemanden einfach irgendwo aufhängen konnte, wenn einem seine Nase nicht passte. Aber manchmal würde man natürlich gern den Stürmer am Schlafittchen packen und sein Trikot an die Garderobe hängen, ohne dass Herr Stürmer es vorher ausziehen darf. Dann hängt sie da, die Spitze.

Tatsächlich bedeutet „Hängende Spitze“: Ein Stürmer, der nicht ganz vorn im Strafraum lauert wie ein Torjäger, sondern ein bisschen weiter hinten darauf wartet nach vorn stoßen zu können.

Durchgebrochener Stürmer: Bänder reißen und Muskeln werden gezerrt, manchmal splittern Knochen, bluten Nasen und der Pferdekuss ist auch keine angenehme Sache. Bekannt ist, dass Fußball nichts für Pastorensöhne ist (behauptete mal Trainer Friedel Rausch) oder für Klosterschülerinnen (sagte einst Verteidiger Jürgen Kohler). Man tut sich schon mal weh – und manchmal tut einem auch der Gegner weh. Durchgebrochene Stürmer allerdings sind kein schöner Anblick und sollten schnellstens wieder zusammengeklebt werden!

> Ich bin körperlich und physisch topfit.
>
> THOMAS HÄSSLER

Tatsächlich bedeutet „Durchgebrochener Stürmer“: Ein Angreifer, der durch die gegnerische Abwehr geschlüpft ist, also die Abwehrmauer „durchbrochen“ hat. Er hat dann nur noch den Torwart zwischen sich und einem Torerfolg.

Enge Räume: Fürchten Fußballer ganz besonders, vor allem solche, die technisch nicht so gut sind. Fußball wird ja nicht zum Spaß draußen gespielt, sondern weil der Ball viel frische Luft braucht, durch die er fliegen kann. Draußen können auch mal schlechtere Kicker feste gegen den Ball dreschen, er fliegt dann halt irgendwohin und tut keinem weh. Drinnen, in den engen Räumen, sieht das nicht so schön aus und schnell geht ein Fenster kaputt. Man muss ja nur manchmal beim Hallenfußball zuschauen, wie sich da manche Fußballer in den engen Räumen anstellen!

Tatsächlich bedeuten „Enge Räume“: Eine Taktik, um den Spielaufbau des Gegners zu stören. Die Abwehrspieler bewegen sich immer so, dass die Angreifer des Gegners keinen Platz haben den Ball in Ruhe anzunehmen und nach vorne abzuspielen. Es gibt einfach keinen Weg für Ball und Stürmer durch die Abwehr – die hat „die Räume eng“ gemacht. (Berti Vogts, ehemaliger Bundestrainer, hat es auch „Räume zustellen“ genannt oder noch schöner: „ballorientierte Gegnerdeckung“. Was das heißt? Berti fragen!)

Langer Pfosten: Wir haben es schon immer gewusst: Die Pfosten können einfach nicht gleich lang sein, man sieht das schon von der Tribüne aus. Einer ist aus dieser Sicht immer länger. Allerdings ist der lange Pfosten der, welcher von der Tribüne aus weiter weg, also kürzer ist. Weil das so kompliziert ist, kann man sich damit beruhigen, dass beide Pfosten wirklich 2,44 Meter hoch sind (ehrlich, steht auch in den Regeln in Kapitel 5).

Tatsächlich bedeutet „Langer Pfosten“: Der Pfosten, der von einem Spieler weiter weg ist, zu dem der Weg des Balles also länger ist.

Kurzer Pfosten: Siehe „Langer Pfosten“ und ersetze lang durch kurz.

Langes Bein: Wissenschaftlich erwiesen ist, dass die wenigsten Menschen zwei gleich lange Beine haben. Bei manchen ist der Unterschied sogar so groß, dass nicht nur das Bein länger geraten ist als das andere, sondern auch der dazugehörige Fuß. Für den muss man sich dann einen Schuh eine Nummer größer kaufen als für den anderen Fuß. Normalerweise ist das kein Problem, im Fußball allerdings sind kurze Beine offenbar besser für eine große Karriere. Diego Maradona ist klein, Pierre Littbarski ist klein, Thomas Häßler ist sehr klein. Und Berti Vogts erst! Günter Netzer ist mit Schuhgröße 47 zum Star geworden.

Tatsächlich bedeutet „Langes Bein“: Der Versuch eines Spielers, dem Gegner den Ball abzuluchsen, indem er sein Bein streckt und einen ganz großen Schritt, einen so genannten Ausfallschritt macht. Meistens führt das aber zu einem Foul.

Stehen gelassener Fuß: Da hat man sein halbes Taschengeld für eine Eintrittskarte ins Stadion ausgegeben, freut sich auf einen aufregenden Nachmittag und den Sieg der Lieblingsmannschaft: und dann sieht man ein so schlechtes Spiel! Dann schaut man genauer hin und stellt fest, dass mindestens jeder zweite Spieler seinen Fuß in der Kabine hat stehen lassen. Das kann ja nichts werden! Übrigens sagen manche Fußballer, die nur mit dem rechten Fuß schießen können, sie hätten den linken Fuß nur, um nicht umzufallen. Heißt das dann eigentlich: Der linke Fuß lässt sie stehen ...?!

Tatsächlich bedeutet „Stehen gelassener Fuß“: Ganz einfach – dem anderen ein Bein stellen.

Königinnen des Fußballs Frauenfußball ist ein Renner – wenigstens in Amerika ...

Es ist ja nicht so, dass William Jefferson Clinton noch nichts Aufregendes erlebt hätte in seinem Leben. Immerhin wählte ihn das amerikanische Volk am 3. November 1992 zum 42. Präsidenten der Vereinigten Staaten von Amerika. Als solcher führt man bekanntlich ein ziemlich spannendes Leben. Fliegt zum Beispiel mit einer luxuriös ausgestatteten Maschine um die ganze Welt, begrüßt Astronauten bei ihrer Rückkehr aus dem Weltall, geht joggen mit Arnold Schwarzenegger – und kann keinen Schritt ohne Leibwächter tun, weil man in der Angst lebt, jemand könnte einem nach dem Leben trachten. Man hat die Macht über Atombomben, kann Kriege führen und beenden oder die Steuern senken und erhöhen. Es ist alles in allem also ein recht abwechslungsreiches Leben, das Bill Clinton führte, ehe er am 10. Juli 1999 beschloss, ein Fußballspiel zu besuchen. Kriege? Schwarzenegger? Praktikantinnen? Das alles war anscheinend nichts gegen dieses eine Spiel. „Es war", sagte Bill Clinton hinterher wirklich, „das aufregendste Ereignis meines Lebens."

Na, da sage noch einer, Frauenfußball wäre was für Klosterschülerinnen! Außer Bill Clinton waren an diesem 10. Juli 1999 noch 90 815 andere Fans ins Rose Bowl Stadion von Los Angeles gekommen, um das Endspiel der Frauenfußball-Weltmeisterschaft zwischen den USA und China zu erleben.

Es war kein sehr gutes Spiel, aber ein spannendes, das die Amerikanerinnen erst im Elfmeterschießen mit 5:4 gewannen. Aber vor allem war es der Abschluss dreier toller Wochen, in denen der Frauenfußball so sehr im Mittelpunkt stand wie nie zuvor. „In 20 Jahren wird man auf diese drei Wochen zurückblicken und sie als Wende des Frauensports sehen", rief Marla Messing, die Chefin des Organisationskomitees, euphorisch in die Mikrofone.

Viele, die Fußball mögen, hätten nie gedacht, dass man einmal so etwas über Frauenfußball sagen würde, dass es ausgerechnet der Fußball sein würde, der für einen weltweiten Zuschauerrekord bei einem Frauensport-Ereignis sorgt. Vor allem Männer, erwachsene Männer, halten Fußball ja für eine reine Männersache, so wie früher die Neandertaler das Jagen. Über Frauenfußball haben viele Männer nur blöde Witze übrig, über den Trikottausch zum Beispiel, oder über Manndeckung. Hahaha!

Aber wer zuletzt lacht, lacht am besten. Seit der Weltmeisterschaft der Frauenfußballerinnen in den USA lacht niemand mehr über die Ladys auf dem Rasen. Es war ein riesiges Spektakel, entzückt hat ganz Amerika den Triumphzug der Kickerinnen durch die Stadien des ganzen Landes begleitet. 60 000 oder 70 000 Zuschauer, das war ganz normal in diesem Turnier. Beim Finale in Los Angeles waren es dann tatsächlich genauso viele Fans wie 1994 beim Endspiel der Männer im selben Stadion, der Rose

Die Queen am Ball:
Mia Hamm gehört zu den 50 schönsten Frauen der Welt –
zu den besten Fußballerinnen sowieso.

Bowl von Pasadena/Los Angeles. Ausverkauft! Für das Frauenspiel zwischen den USA und China waren überhaupt keine Karten mehr zu haben; wer seine eigene verkaufte, bekam auf dem Schwarzmarkt bis zu 2000 Dollar dafür. Die Tickets waren damit genauso wertvoll wie fünf Jahre zuvor eine Eintrittskarte fürs Männerfinale Brasilien gegen Italien. 16 Millionen amerikanische Fernseher waren eingeschaltet. Wenn man bedenkt, dass vor jeder Flimmerkiste ungefähr drei Leute saßen, haben sich fast 50 Millionen Amerikaner das Frauenfinale angeschaut.

In den USA ist es eben eine ganz normale Sache, dass Mädchen Fußball spielen, ganz anders als in Europa. Hier spielen die Mädchen meistens auf einem Nebenplatz, zu unmöglichen Zeiten und kaum einer schaut zu. Für die deutsche Bundesliga sind gerade mal zwölf Mannschaften angemeldet. Und obwohl die deutschen Fußballerinnen zu den besten der Welt gehören, kommen zu den Ligaspielen oft nicht mehr als 1000 oder 2000 Zuschauer. Noch immer druckt längst nicht jede Zeitung die Ergebnisse – und Fernsehberichte über Frauenfußball-Bundesligaspiele? Alle Jubeljahre einmal. Als die deutschen Spielerinnen die Stimmung bei der WM in den USA erlebten, bekamen sie manchmal eine Gänsehaut. Sie wurden so gefeiert, als wären sie richtige Weltstars. „Die Atmosphäre war schon Wahnsinn", sagte zum Beispiel Nadine Angerer, die Ersatz-Torfrau des deutschen Teams.

Auf den Plätzen zu Hause kann man von so etwas nur träumen. Es ist noch gar nicht lange her, da mussten die Mädchen auf kleineren Spielfeldern spielen und auf kleinere Tore schießen als Jungs, weil viele Mannschaften gar keine elf Spielerinnen zusammenbekamen, sondern nur sieben oder acht. Und wenn dann mal ein Mädchen richtig gut war, musste sie ihr Dorf oder ihre kleine Stadt verlassen um irgendwohin zu gehen, wo es richtige Frauenfußballklubs gibt, die auch genug Spielerinnen haben, um in einer Liga mitzumachen.

Fußballerinnen haben in Deutschland einfach den Nachteil, dass es vor ihnen schon die männlichen Kicker gab. Die Männer waren mit der Nationalmannschaft so erfolgreich und mit ihrer Bundesliga so attraktiv, dass die Frauen dagegen nicht ankamen. Wenn in Berlin das Pokalfinale ausgetragen wird, dann sind abends bei den Männern 70000 Leute im Stadion. Nachmittags, wenn die Frauen ihr Endspiel machen, sind die Plätze noch nicht einmal zur Hälfte gefüllt, obwohl die Männer-Karten auch für nachmittags gelten.

In Amerika ist Frauenfußball dagegen eine ganz selbstverständliche Angelegenheit. Das liegt vor allem daran, dass die US-

Männer so wenig Erfolg haben. Bei den Deutschen ist es ja so: Wenn die Frauen Vizeweltmeister werden, waren die Männer vorher schon Weltmeister, und wenn sie einmal Europameister werden, waren die Männer schon zweimal Europameister. Man vergleicht Frauen- und Mädchenfußball immer mit dem viel schnelleren, athletischeren Spiel der Jungs und Männer. Aber in den USA gehört *Soccer*, wie der Fußball dort heißt, zu den Randsportarten bei den Männern und ist fürs Publikum ungefähr so spannend wie Hochseeangeln oder Hufeisen-Zielwerfen. Dabei spielen jede Menge Kinder Fußball, der sogar die beliebteste Jugendsportart des Landes ist. Aber irgendwann gehen die Jungs zu den populäreren Sportarten wie Football, Baseball, Basketball oder Eishockey.

> Man spielt hier ja praktisch Mann gegen Mann.
>
> BERTI VOGTS
> bei der Frauen-WM in den USA

Die Mädchen, die weiter dabeibleiben, haben nicht ständig die Erwartungen zu erfüllen, die ihnen Jungs vorsetzen. Sie spielen einfach ihr Spiel, und sie spielen es sehr gut. Den Leuten ist es dann auch ziemlich egal, ob Fußball, mit dem sie ja grundsätzlich recht wenig anfangen können, von Jungs oder Mädchen gespielt wird – Hauptsache, es gibt Erfolge für *good old America*!

Und die Amerikanerinnen haben ja Erfolg, so viel sogar, dass es richtige Stars im Frauensoccer gibt. Die amerikanische Torhüterin Briana Scurry zum Beispiel hielt im WM-Endspiel ’99 gegen die Chinesinnen entscheidende Elfmeter und sieht ein wenig aus wie die Schauspielerin Whoopi Goldberg. Oder Brandi Chastain, die vom berühmtesten Talkmaster der Welt, David Letterman, *Super Babe* genannt wurde.

Und Mia Hamm natürlich. Mia Hamm ist bei den Frauen so etwas wie Lothar Matthäus oder Diego Maradona oder Ronaldo bei den Männern. Oder besser: alle drei zusammen. Mia heißt eigentlich Mariel Margaret, aber alle nennen sie Mia, schon seit sie klein war. Kein Mensch, weder Mann noch Frau, hat für seine Nationalmannschaft mehr Tore geschossen als Miss Hamm für die USA. 111 waren es schon 1999, und da war sie erst 27, hatte aber schon gut 150-mal für Amerika gespielt. Zum ersten Mal übrigens, als sie gerade 15 Jahre alt war – nie war jemand jünger, weder Mann noch Frau, beim ersten Spiel in der Nationalelf.

Amerika liebt solche Erfolgsgeschichten wie die von Mia Hamm. Ihr Name ist spätestens seit der WM so populär wie etwa Michael Jordan im Basketball oder Tiger Woods im Golf. Es gibt sogar eine Soccer-Barbie-Puppe, die so aussieht wie Mia Hamm. (Mia Hamm sieht übrigens ziemlich gut aus, eine Zeitschrift hat sie einmal unter die 50 schönsten Frauen der Welt gewählt.) Und weil Mia sich für die Erforschung einer Knochenmarkkrankheit, an der ihr Bruder Garrett starb, einsetzt, lieben die Menschen sie noch mehr und nennen Mia *Soccer-Queen*, Königin des Fußballs. Sie macht inzwischen Werbung für Energiedrinks und für Sportartikel, tritt im Fernsehen in Talkshows auf und hat ein Buch geschrieben.

Deutsche Fußballerinnen können davon nur träumen. Aber inzwischen gibt es ja auch für die besten Spielerinnen aus der Bundesliga die Möglichkeit, so berühmt zu werden wie Mia Hamm. Denn mit der Weltmeisterschaft wurde so viel Geld verdient, ungefähr 50 Millionen Dollar, dass man damit eine eigene Profiliga in den USA aufgebaut hat. Manche glauben, das ist dann das Schlaraffenland des Frauenfußballs – und Bill Clinton kauft sich bestimmt eine Dauerkarte, jetzt, wo er nicht mehr Präsident ist und Zeit hat.

1991 in China

Halbfinale:	Norwegen – Schweden 4:1 USA – Deutschland 5:2
Um Platz drei:	Deutschland – Schweden 4:0
Finale:	USA – Norwegen 2:1

1995 in Schweden

Halbfinale:	Norwegen – USA 1:0 Deutschland – China 1:0
Um Platz drei:	USA – China 2:0
Finale:	Norwegen – Deutschland 2:0

1999 in den USA

Halbfinale:	China – Norwegen 5:0 USA – Brasilien 2:0
Um Platz drei:	Norwegen – Brasilien 5:4 i. E. (0:0)
Finale:	USA – China 5:4 i. E. (0:0)

3. Namen, Daten, Fakten – Hintergründe des Spiels auf dem grünen Rasen

Bayern

Ein Name, ein Urteil
Wie Jean-Marc Bosman den Fußball veränderte

Eigentlich war er gar kein so schlechter Fußballer, wie das manche behaupten. Immerhin hat Jean-Marc Bosman sogar 15-mal im Europapokal gespielt, er war einmal Profi in der Ersten Liga und galt, als er noch ein Teenager war, als richtiges Talent. Deshalb wurde er auch 24-mal in die Jugendnationalmannschaft Belgiens berufen und machte zwei Juniorenländerspiele.

Aber berühmt wurde Jean-Marc Bosman nicht wegen seines Spiels mit dem Ball, berühmt wurde er wegen des Spiels mit den Paragraphen. Jean-Marc Bosman ist der Mann, nach dem das „Bosman-Urteil" benannt worden ist. Und das Bosman-Urteil hat den Fußball verändert, weltweit.

Im Grunde hatte alles ganz harmlos angefangen. Jean-Marc spielte beim FC Lüttich in Belgien, das ist ungefähr so wie die SpVgg Unterhaching in München. Der „richtige" Münchner Verein ist der FC Bayern, der richtige belgische Verein heißt Standard Lüttich. Dort hatte Bosman auch gespielt, vorher. Aber weder bei Standard noch beim FC Lüttich wollte dem jungen Mann der große Wurf gelingen. Aus seiner Jugend, die vielen Länderspiele zeigen es, wusste man, dass er kein Schlechter war am Ball. Er hatte eine hervorragende Technik, aber man sagte ihm nach, ihm fehle der Ehrgeiz, der Biss. Also blieb Bosman einer von jenen Fußballprofis aus der großen Masse, die man gerade noch in der eigenen Stadt kennt und im Ort nebenan nur dann, wenn er mal zwei Tore in einem Spiel schießt.

Sein Vertrag beim FC Lüttich lief bis 1990, aber weil er mehr auf der Bank saß als auf dem Rasen kickte, machte der Verein seinem Spieler Bosman ein ziemlich schlechtes Angebot. Er sollte seinen Vertrag verlängern, aber statt 120 000 belgische Francs wie bisher nur noch 30 000 Francs im Monat verdienen. Jean-Marc Bosman war zu diesem Zeitpunkt 26 Jahre alt, ein wunderbares Alter für einen Fußballer, man hat da noch alles vor sich und träumt davon, doch noch nach ganz oben zu kommen.

Jean-Marc Bosman:
Der Mann, der durch das nach ihm benannte Gerichtsurteil den Fußball veränderte.

Bosman auch. Er hatte schließlich schon mit 18 Jahren zum ersten Mal in der Ersten Liga gespielt. Und damals, als er seine vielen Jugendländerspiele machte, war er sogar Kapitän der Auswahlmannschaft gewesen. Er verließ das Gymnasium noch, bevor er Abitur machen konnte, nur um Fußballprofi zu werden. Für solch ein schlechtes Angebot, 90 000 Francs weniger, wollte Bosman seinen Traum nicht hergeben, noch nicht. Also sagte er dem FC Lüttich: Schönen Dank, Leute, aber ich möchte lieber bei einem anderen Verein spielen. Er hatte auch schon einen gefunden, den FC Dünkirchen in Frankreich – ein Zweitligaklub zwar, aber der wollte wenigstens ein anständiges Gehalt bezahlen, 100 000 Francs im Monat.

> ich bleibe auf jeden Fall wahrscheinlich beim KSC.
>
> SEAN DUNDEE

Heute wäre das alles kein Problem. Heute ist das Recht so, dass ein Spieler, dessen Vertrag ausgelaufen ist, sich einfach einen neuen Verein suchen kann. Er muss niemanden fragen, er muss nichts Besonderes beachten. Aber damals, 1990, war das überhaupt nicht so. Damals durfte ein Verein für seine Spieler auch dann eine Ablösesumme verlangen, wenn deren Arbeitsvertrag auslief. Für Jean-Marc Bosman durfte also der FC Lüttich einen Preis bestimmen. Den musste der FC Dünkirchen bezahlen, wenn er Jean-Marc als Spieler haben wollte. Und weil der FC Lüttich noch ein paar Mark verdienen wollte, verlangte er gut 500 000 Mark von den Franzosen.

Denen war das zu viel – Jean-Marc war ja kein Schlechter, aber eben auch nicht richtig gut. Außerdem wäre Bosman auch der vierte ausländische Spieler in der Dünkirchener Mannschaft gewesen. Noch ein Problem also: Nicht nur die Ablösesummen, auch die so genannte Ausländerklausel verhinderte, dass er einen neuen Verein fand. Damals durften nämlich in jeder Mannschaft nur drei Spieler aus dem Ausland spielen. Also mussten in Dünkirchen acht Franzosen im Team stehen, beim FC Bayern acht Deutsche, in Mailand acht Italiener usw.

Jahrzehntelang hatte keiner etwas gegen diese Regeln im Fußball, sie waren halt da und niemand störte sich daran. Aber mit der Zeit hatte sich ja einiges verändert, man redete in Europa schon längst über eine einheitliche Währung, den Euro, und die Grenzen wurden immer durchlässiger. Niemand muss mehr am Brenner seinen Pass herzeigen, wenn er von Österreich nach Italien will. Und wenn ein belgischer Dachdecker glaubt, er könnte in Frankreich mehr Dächer decken, dann darf er einfach seine Dachdeckerfirma nach Frankreich verlegen. Und es gibt niemanden, der die Zahl der belgischen Dachdecker in Frankreich überprüft, und schon gleich gar kein Belgier kassiert eine Ablösesumme, auch wenn der Dachdecker der beste im ganzen Land gewesen ist. Also, dachte sich Jean-Marc Bosman, warum soll ich dann nicht Fußball spielen dürfen, wo ich will? Und so nahm er sich einen Anwalt.

Bosman und sein Anwalt gingen zunächst gegen den FC Lüttich vor Gericht, und sie bekamen Recht. Tatsächlich entschied ein belgisches Gericht, dass Bosman den Verein wechseln dürfe, ohne dass der FC Lüttich Geld dafür kassieren könne. Doch obwohl Bosman damit ablösefrei war, fand er einfach keinen neuen Verein mehr. Denn längst ahnten die Klubs überall in Europa, was das kleine Gericht in Belgien da entschieden hatte. Künftig brauchte sich ja nur jeder Fußballprofi, dessen Vertrag auslief, einen Anwalt zu nehmen – und die schöne Ablösesumme wäre futsch. Das nahmen die Klubs diesem Herrn Bosman, der zwar immer noch nicht berühmt, aber schon ein wenig gefürchtet war, übel. Sie trafen eine kleine, gemeine Absprache, wonach niemand ihn in seinem Verein spielen lassen solle.

Damit war Bosman arbeitslos, aber er hatte seine Chance erkannt, wie er doch noch einen Platz in der Geschichte des Fußballs finden könnte. Bosman und sein Anwalt beschlossen nämlich, nicht nur für sich, sondern für alle anderen Fußballer in Europa das Recht zu erstreiten, spielen zu dürfen, wo man will. Also ohne dass die Vereine durch hohe Ablösesummen oder Ausländerbeschränkungen mitentscheiden können. Um das zu erreichen, mussten Gesetze überprüft und umgeschrieben werden. Deshalb zog Bosman bis vor das höchste Gericht in Europa, den Europäischen Gerichtshof in Brüssel. Die Fußballvereine und Verbände versuchten alles Mögliche um zu verhindern, dass Bosman seinen Prozess gewinnt. Sie wollten, dass alles bleibt, wie es ist. Und Bosman erzählte, ihm sei viel Geld geboten worden, angeblich mehr als zwei Millionen Mark, damit er den Prozess aufgibt. Hat er aber nicht getan, und die Richter in Brüssel gaben ihm Recht.

> Ich möchte nie mehr arbeiten, sondern nur noch am Tresen stehen und saufen.
>
> ERWIN KOSTEDDE
> ehemaliger Fußballprofi

Am 15. Dezember 1995 wurde die Entscheidung verkündet, die seitdem jeder das „Bosman-Urteil" nennt. Nun darf man mehr als drei Ausländer in einer Mannschaft spielen lassen. Und Ablösesummen gib es nur noch, wenn ein Spieler vor dem Ende seines Vertrages zu einem anderen Verein wechseln will. Wenn sein Vertrag aber abgelaufen ist, kann keiner mehr Geld für ihn verlangen.

Das Urteil hat vor allem den Spielern eine Menge Geld gebracht. Denn dadurch, dass keine Ablösesummen mehr gezahlt werden müssen, ist mehr Geld für das Gehalt der Spieler da. Profifußballer sind clever genug um zu wissen, dass dieses Geld praktisch auf der Straße liegt. Sie verlangen für ihre Unterschrift bei einem neuen Verein sehr oft ein Handgeld, also eine Summe nur allein dafür, dass sie den Vertrag überhaupt unterschreiben. Und weil ja auch kein Gesetz mehr die Zahl der Ausländer in einer Mannschaft einschränkt, hat außerdem eine richtige Völkerwanderung eingesetzt. Fußballer aus Afrika, Asien, Australien, Südamerika, den USA, Kicker aus aller Herren Länder spielen in den europäischen Ligen.

Auch Jean-Marc Bosman hat das berühmte Urteil, das seinen Namen trägt, geholfen. Er bekam eine ziemlich hohe Summe als

Schadenersatz dafür, dass man ihm die Chance genommen hat, weiter den Traum eines jeden Fußballers zu träumen: den Traum, berühmt zu werden – auf dem Platz und nicht im Gerichtssaal. Jean-Marc spielte noch ein bisschen in der Vierten Liga, nur so zum Spaß, und er tröstete sich mit der Einschätzung: „Eines Tages werden die Spieler begreifen, was ich für sie getan habe."

Eine Acht mit zehn Nullen
Über Ablösesummen und den teuersten Spieler der Welt

Während der Weltmeisterschaft 1998 in Frankreich rechneten die Fußballexperten zum Spaß aus, gegen was man die brasilianische Nationalmannschaft eintauschen könnte, wenn sie einem gehören würde. Ronaldo, Rivaldo, Roberto Carlos und all die anderen galten in dem Jahr, obwohl sie nicht Weltmeister werden sollten, als Mannschaft von einem anderen Stern. Und um das zu beweisen, genügt es ja nicht einfach zu beschreiben, wie gut die Brasilianer Fußball spielen können.

Nein, sie sind nicht deshalb die besten Spieler der Welt, weil sie schöner als alle anderen spielen oder den Ball auf eine Art und Weise ins Tor schießen können, bei der sich gewöhnliche Fußballer glatt die Ohren brechen würden. Moderne Fußballer sind nur dann wirklich die besten, wenn sie nicht nur die meisten Tore schießen, sondern auch das größte Preisschild um den Hals hängen haben. Ein guter Kicker ist ein teurer Kicker.

Gerade Weltmeisterschaften sind für die großen Vereine so etwas wie ein Schaufensterbummel oder wie eine Modenschau. Ihre Einkäufer sitzen auf den teuersten Plätzen im Stadion wie an einem Laufsteg, wo ihnen die besten, schönsten Modelle vorgeführt werden. In manchen Jahren suchen die Vereine bei einem Turnier starke Verteidiger, aber wenn sie zu viele starke Verteidiger gefunden haben, wird das Toreschießen immer schwieriger.

Also suchen die Agenten, so heißen die Einkäufer, im nächsten Jahr nach besonders guten Stürmern. Manchmal sind afrikanische Spieler „in", wegen ihrer Technik und ihres Spieltriebs, und 1990 waren es die Deutschen, weil sie damals Weltmeister wurden und einen so kraftvollen Fußball spielten.

Und 1998 also Brasilien. Wie viel würde es wohl kosten, die gesamte *Seleçao*, wie die Brasilianer ihre Nationalelf nennen, zu kaufen? So viel wie ein Haus? So viel wie zehn Ferraris? Oder ein Sack voll Diamanten? Die Experten rechneten also, sie brauchten schon richtige Computer, um die Millionen für Ronaldo und die Abermillionen für Rivaldo zu addieren. Dann dachten sie sich eine Summe für Roberto Carlos aus und ein paar Milliönchen weniger für all die Ersatzspieler und kamen auf eine Summe, die man sich nicht mehr vorstellen konnte. Was würde wohl ein angemessener Preis sein für die Spieler einer Nation, die schon viermal Weltmeister war und von denen jeder den Ball so selbstverständlich auf dem Spann tanzen lassen kann, wie ein gewöhnlicher Mensch mit Messer und Gabel isst?

Als der Computer endlich fertig war, spuckte er eine Fünf mit acht Nullen aus. 500 Millionen Mark, das war der Wert der *Seleçao* im Sommer 1998. 500 000 000 Mark. Und weil das so eine unglaublich hohe Summe war versuchte man etwas zu finden, was so viel Geld kostet, damit man die Fünf und ihre acht Freunde, die Nullen, besser verstehen kann. 500 Millionen Mark ist der Preis für einen Jumbojet, das größte Passagierflugzeug der Welt.

Das war ein sehr gutes Beispiel für den Wahnsinn, der den Fußball befallen hat. Der Wahnsinn heißt „Ablösesumme". Das ist ein ziemlich komisches Wort, ein harmloses Wort, aber es macht die Menschen, die mit Profifußball zu tun haben, verrückt. Man löst eine alte Tapete von der Wand ab, ehe man eine neue draufklebt oder man löst ein Abziehbild von der Folie ab und verziert damit sein Schulheft. Wenn man aber einen Fußballer ablösen will, dann heißt das: Man will ihn kaufen. Der Verein, bei dem der Spieler angestellt ist, kann Geld dafür verlangen,

Zweifelhafter Ruhm:
Diego Maradona war genial am Ball, aber nicht immer so schlau im Kopf. Mal schoss er mit einem Gewehr auf Journalisten, mal ein Tor mit der Hand. Die neuen Stars wie Ronaldinho sind braver.

dass der Spieler den Verein wechselt. So spielte Diego Maradona zum Beispiel früher beim FC Barcelona in Spanien, ehe er sich überlegte lieber im Süden Italiens leben zu wollen, in Neapel. Der SSC Neapel war auch ganz entzückt darüber, den kleinen Maradona mit der großen Begabung aufzunehmen, nur musste der Verein dafür ein bisschen mehr als 20 Millionen Mark an den FC Barcelona überweisen. Die Spanier trockneten mit den Geldscheinen ihre Tränen, die sie über den Verlust von Diego Maradona vergossen, und Diego Maradona war für ein paar Jahre der teuerste Fußballer der Welt.

Vielleicht war Maradona zu dieser Zeit sogar auch wirklich der beste Fußballer der Welt. Er war ja vor allem dafür bekannt, dass er Dinge mit dem Ball anstellte, die außer ihm keiner konnte. Später allerdings schoss er Tore mit der Hand und behauptete, es sei die „Hand Gottes", die den Ball über die Linie bugsierte. Dann nahm er Drogen und schoss mit einem Gewehr auf Reporter und wurde immer dicker. Der Fußballer Diego Armando Maradona wurde Geschichte (eine traurige Geschichte). Und der Preis, den die Neapolitaner damals an die Spanier aus Barcelona bezahlten, blieb auch nicht lange der höchste.

> Die haben viereckige Füße. Das sind Robocops.
>
> MARADONA
> über Spieler aus Schottland und Norwegen

20 Millionen Mark kostet heute schon ein Durchschnittsfußballer. Wer sich teuerster Fußballer der Welt nennen will, muss schon noch ein paar Millionen mehr zusammenkratzen für seine Ablösesumme.

Heutzutage ist der Titel „teuerster Spieler der Welt“ ungefähr so viel wert wie die höchste Einschaltquote im Fernsehen oder die beste Note in einer Klassenarbeit. Ständig ist irgendwer anders der Beste in der Schule, und gerade war diese Show noch gut, morgen ist's schon eine andere. Im Sommer 1999 aber erreichte der Preis für einen Fußballspieler – nur einen einzigen Fußballspieler! – eine Größenordnung, die man sich nicht mehr vorstellen mochte. In den Zeitungen überall auf der Welt war die Zahl zu lesen, und die Reporter fragten ihre Leser: Wie viel ist wohl ein Mensch wert, der sich von den anderen Menschen nur dadurch unterscheidet, dass er geschickter gegen einen Ball treten kann als sie? Eine Mark? Eine Million Mark? Oder 91 Millionen Mark?

Tatsächlich bezahlte Inter Mailand 91 Millionen Mark an Lazio Rom, um den Stürmer Christian Vieri zu bekommen. Das heißt, eigentlich zahlte Inter gar keine 91 Millionen Mark, sondern nur 80 Millionen, den Rest verrechnete man mit dem Mittelfeldspieler Simeone, der von Inter zu Lazio wechselte. So wie der Käufer eines neuen Autos sein altes beim Händler in Zahlung geben kann.

So viele Nullen hatte noch keine andere Ablösesumme zu bieten gehabt, was übrigens auch daran liegt, dass Mailand bekanntlich in Italien liegt und man dort mit Lire bezahlte (wenigstens, so lange es den Euro nicht gab). Also geht die Rechnung so: Eine Mark waren ungefähr 1000 Lire. Eine Million Mark waren 1000000 mal 1000 Lire – eine Milliarde. 80 Millionen Mark waren achtzig Milliarden Lire. Eine Acht mit zehn Nullen. 80000000000. Sieht ziemlich eindrucksvoll aus, oder?

So viel Geld für einen Fußballer – da konnten sich selbst die Italiener nicht mehr richtig freuen. Das ist ziemlich ungewöhnlich, denn die italienischen Fußballfans, die Tifosi, lieben nichts mehr als „ihre“ Mannschaft und „ihren“ Verein, und der darf normalerweise alles tun. Hauptsache, es bringt den Erfolg. Aber fast 100 Millionen Mark? Das musste man nicht erst in Jumbojets umrechnen wie den Wert der Brasilianer, wo sich ohnehin kein normaler Mensch jemals ein so großes Flugzeug kaufen würde.

Andere Beispiele also: Für 91 Millionen Mark könnte man ungefähr 180 Einfamilienhäuser bauen, und wenn in jedes Haus eine Familie mit drei Personen einziehen würde, fände in den Häusern ein ganzes Dorf Platz. Mit über 500 Einwohnern, und es bliebe wahrscheinlich noch ein bisschen Geld übrig für einen Kindergarten. Oder man könnte ungefähr 182000 Ausrüstungen für Fußballspieler kaufen, also Trikots und Schuhe und Hosen und Stutzen, und damit mehr als 16000 Mannschaften ausrüsten. Und es bliebe wahrscheinlich noch genug Geld übrig für ein paar 100 Bälle. Oder man ruft im Getränkehandel an und bestellt 6,5 Millionen Kästen Mineralwasser.

Oder man könnte Patenschaften für Kinder in der so genannten Dritten Welt übernehmen. 50 Mark im Monat kostet es, ein armes Kind in jenem Teil der Welt zu unterstützen, in dem keine Fußballer verkauft werden, sondern in dem Kinder um ihr Leben kämpfen – jeden Tag. 50 Mark im Monat, für die ein Kind genug zu essen bekommt und in die Schule gehen kann. Für 91 Millionen Mark könnte man 8425 Kinder von ihrer Geburt bis zu ihrem 18. Lebensjahr mit jeweils 50 Mark im Monat ein menschenwürdiges Leben ermöglichen. Das ist nur eine Schätzung.

Lackaffe
Denk an mein helles sanftgelbes Armani-Sweatshirt und putz bitte den Ball vorher ab...
HOOLIGANS
OBERHAUSEN GRÜSST DEN REST DER WELT
KEINE NAC
5
BURKH

Natürlich sind solche Rechnungen ungerecht, denn dann müsste man ja jede Urlaubsreise, jede schicke Jeans, jedes Comicheft und jeden Schokoriegel, eben alles, was man kauft, obwohl man es nicht unbedingt braucht, umrechnen in Mehlsäcke für hungernde Menschen. Wer macht das im täglichen Leben?

Eben, kaum einer. Aber bei Christian Vieri hörte der Spaß auf. Die Fußballfans spürten, dass da etwas aus dem Ruder gelaufen war und dass ihr geliebtes Spiel Gefahr lief, bald von Banken und nicht mehr von Fußballmannschaften gespielt zu werden. Selbst der Vatikan, der sich vorher noch nie öffentlich über Fußball geäußert hatte (vielleicht, weil der Papst bei seinen vielen Reisen gar keine Zeit hat Fan einer Mannschaft zu werden?), die Bischöfe im Vatikan also schrien entsetzt auf. Der Wechsel Vieris von Lazio Rom zu Inter Mailand sei eine Beleidigung für alle armen Menschen auf der Welt, hieß es in der Vatikan-Zeitung *L'Osservatore Romano*. Die Werte im Sport seien verletzt worden, hieß es weiter – und Vieri selbst hatte auch einiges auszustehen. Sein alter Verein Lazio Rom nannte ihn einen „Erpresser“, weil er angeblich ein so hohes Gehalt gefordert hatte, dass der Klub ihn einfach habe verkaufen müssen. Das darf man übrigens glauben, denn Vieri wechselte in sieben Jahren acht Mal den Verein, jedes Mal wurde dabei die Ablösesumme höher. Er ist ein geübter Vereinswechsler.

Und die italienischen Fans? Ein 24-jähriger Anhänger von Lazio beging wegen Vieris Transfer Selbstmord. Er warf sich vor einen Zug, weil er es nicht ertragen konnte, dass sein Idol den Klub wechselte – egal, wie viel Geld Lazio dafür bekam. In italienischen Geschäften konnte man einen passenden Vieri-Fanartikel kaufen: eine Geldbörse – mit dem Gesicht des Spielers darauf.

Aber das war alles nur der Anfang. Im Sommer 2000 wechselte Luis Figo nach der EM von Barcelona nach Madrid – für rund 130 Millionen Mark, und ein Jahr später bemühte sich Madrid um die Dienste von Zinedine Zidane und wollte dafür sogar 150 Millionen bezahlen. Es hat sich niemand mehr aufgeregt.

Was erlaube Trap?
Die Kultrede des ehemaligen Bayern-Trainers Trapattoni

Die Journalisten waren an jenem Morgen des 10. März 1998 wie jeden Tag zum Training des FC Bayern München gekommen. Bei so einem großen Verein ist es ja üblich, dass tagtäglich Trainer und Spieler vor die Presse treten, um dieses und jenes zu erzählen. Manchmal nur, ob sie auch alle gut geschlafen haben, ob der Muskel, der gestern noch verspannt war, heute wieder geschmeidig ist oder wie die Herren Fußballer das nächste Spiel anzugehen gedenken. Meistens sagt dann irgendeiner von ihnen: „Ja gut, wir wollen jedes Spiel gewinnen" und der Trainer ergänzt, das nächste Spiel sei das schwerste – und ansonsten: Alles paletti.

Aber an diesem Morgen, es war ein Dienstag, war es anders. Am Wochenende zuvor hatte der FC Bayern München beim FC Schalke 04 ein Bundesligaspiel verloren. Nie hatte es bis dahin ein Spieler gewagt, den Trainer Giovanni Trapattoni zu kritisieren. Gut, die Fans im Stadion mochten vielleicht seinen Fußball nicht, weil Trapattoni die Münchner meistens so spielen ließ, wie auch in Italien gespielt wird, nämlich defensiv. Tore zu verhindern war manchmal wichtiger als Tore zu schießen, und das sieht nicht so schön aus. Aber Kritik? Jürgen Klinsmann, ein Stürmer, der gerne mehr Tore geschossen hätte, aber manchmal ausgewechselt wurde, hat mal gegen eine Werbetonne getreten. So wuchtig, dass die Tonne danach ein Loch hatte und berühmt wurde. Die Tonne ging auf Tournee und wurde in einigen Städten ausgestellt. Aber ansonsten traute sich kein Spieler, Signore Trapattoni böse Worte nachzusagen.

In Schalke aber hatten die Münchner wieder einmal so ängstlich gespielt, dass sie kein Tor schossen, aber eines kassierten. 0:1 verlor der große FC Bayern, es war die dritte Niederlage hintereinander. So etwas passiert dem größten, besten und reichsten Verein Deutschlands ziemlich selten (eigentlich passiert es ihm nie). Drei Spieler – Mario Basler, Mehmet Scholl und Thomas Strunz – sagten deshalb öffentlich, sie fänden die Taktik ihres Trainers nicht so toll. (Seltsamerweise hatten alle drei nicht mitgespielt, und wenn doch, dann nur als Einwechselspieler auf Positionen, die nicht ihre liebsten waren.)

Aber einen Giovanni Trapattoni kritisiert man nicht ungestraft. Dem Mann, den jeder respektvoll „Mister" nennt, weil er immer so elegant angezogen ist und ein wunderbar höflicher Mensch noch dazu, platzte öffentlich der Kragen. An jenem Morgen des 10. März 1998, zwei Tage nach dem Schalke-Spiel und den ungezogenen Worten seiner Spieler, trat „Trap" mit ein paar Zetteln in der Hand vor die Presse. Aber er schaute nur einmal kurz auf seine Notizen – und legte dann los, in freier Rede und so laut, dass die Scheiben in dem kleinen Pressekabuff am Trainingsgelände des FC Bayern an der Säbener Straße in München vibrierten. Und die Arme des „Maestros" flogen durch den Raum wie die eines Dirigenten, der sein Orchester gerade zum großen Finale führt samt Pauken und Trompeten. Worte sprudelten dem heißblütigen Italiener aus dem Mund, die die Welt bisher noch nie gehört hatte, und Sätze, die im Eiltempo zum Kult wurden.

Trapattoni hielt eine Rede. Die Trapattoni-Rede.

Noch am selben Abend zeigten Fernsehsender die gesamte Pressekonferenz ihren Zuschauern als Aufzeichnung, ohne etwas wegzuschneiden und ohne dass ein Reporter seinen eigenen Text über die Bilder quatschte (was übrigens eine sehr wohltuende Erfahrung war. Sollten manche Reporter öfter mal ausprobieren). Schon am nächsten Tag hatte eine Band den „Trapattoni-Rap" aufgenommen und die Radiostationen spielten das Lied stündlich, von Flensburg bis Garmisch. Selbst ernsthafteste Politiker wie der damalige Bundespräsident Roman Herzog beendeten Reden manchmal mit dem berühmtesten Ausschnitt aus der Trap-Rede, dem Satz: „Ich habe fertig." Wissenschaftler beschäftigten sich damit, wie es dazu kam, dass solcher Unsinn wie „Spieler schwach wie Flasche leer" oder „was erlaube

Strrruuunz?" wie ein ganz normales Sprichwort in der täglichen Sprache benutzt wurde. Plötzlich kannte jeder diesen Trapattoni, auch wenn er sich nie zuvor mit Fußball beschäftigt hatte. Dabei hatte die Rede höchstens fünf Minuten gedauert.

Und Trapattoni selbst? Erschrak so fürchterlich über die Wirkung seiner wuchtigen Worte, dass er sich gleich entschuldigte für die „Flasche leer". Flasche habe auf italienisch die Bedeutung von Batterie, eigentlich habe er sagen wollen, seine Spieler hätten so gespielt, als sei ihr Akku leer, als hätten sie also keine Kraft mehr gehabt. Aber das wollte keiner mehr hören, Trapattoni blieb eine Kultfigur und bekam für seine Pressekonferenz sogar Preise, zum Beispiel den „Goldenen Löwen" vom Fernsehsender *RTL*.

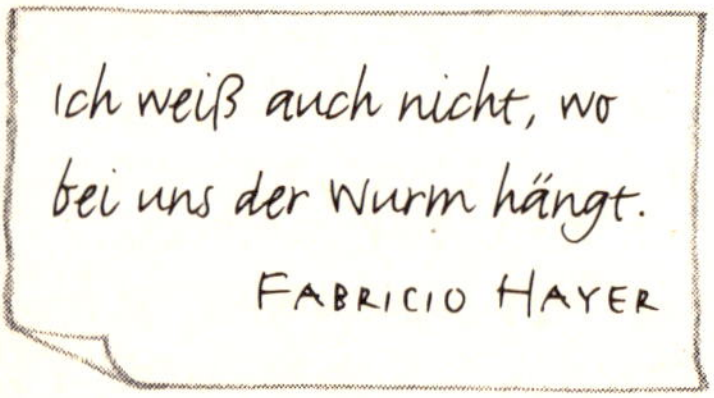

Die Fans im Münchner Olympiastadion liebten den Trainer nach seiner Schimpftirade sogar noch mehr. Endlich hatte es mal einer diesen Millionären gezeigt. Basler, Scholl und Strunz bekamen Geldstrafen aufgebrummt. Und als Trapattoni am Ende der Saison den FC Bayern verließ, bekam er im Olympiastadion rührenden Beifall. Manche Fans weinten sogar und schrieben „Grazie Trap" auf Bettlaken, die sie im Stadion aufhängten – und „Trap hat nie fertig".

Irgendwann, als Trapattoni weg war und die Bayern wieder gewannen, verziehen die Fans natürlich auch ihren Spielern. Und einer von ihnen wird sogar noch heute bei jedem Ballkontakt an seinen früheren Trainer, den wunderbaren Signore Giovanni Trapattoni, erinnert. Wenn nämlich Thomas Strunz am Ball ist, rufen tausende Menschen im Stadion „Strruuuuunz". Für einen Moment steht dann Trap wieder am Spielfeldrand …

„Es gibt im Moment in diese Mannschaft, oh, einige Spieler vergessen ihren Profi, was sie sind. Ich lese nicht sehr viele Zeitungen, aber ich habe gehört viele Situationen. Wir haben nicht offensiv gespielt. Es gibt keine deutsche Mannschaft spielt offensiv und die Namen offensiv wie Bayern. Letzte Spiel hatten wir in Platz drei Spitzen: Elber, Jancker und dann Zickler. Wir mussen nicht vergessen Zickler. Zickler ist eine Spitzen mehr, Mehmet mehr Basler.

Ist klar diese Wörter, ist möglich verstehen, was ich hab gesagt? Danke.

Offensiv, offensiv ist wie machen in Platz.

Ich habe erklärt mit diese zwei Spieler: Nach Dortmund brauchen vielleicht Halbzeit Pause. Ich habe auch andere Mannschaften gesehen in Europa nach diese Mittwoch. Ich habe gesehen auch zwei Tage die Training. Ein Trainer ist nicht ein Idiot! Ein Trainer sehen was passieren in Platz. *In diese Spiel es waren zwei, drei oder vier Spieler, die waren schwach wie eine Flasche leer!*

Haben Sie gesehen Mittwoch, welche Mannschaft hat gespielt Mittwoch? Hat gespielt Mehmet, oder gespielt Basler, oder gespielt Trapattoni? Diese Spieler beklagen mehr als sie spielen!

Wissen Sie, warum die Italien-Mannschaften kaufen nicht diese Spieler? Weil wir haben gesehen viele Male solche Spiel. Haben gesagt, sind nicht Spieler für die italienische Meisters.

Struuunz! Strunz ist zwei Jahre hier, hat gespielt zehn Spiele, ist immer verletzt. *Was erlaube Strunz?!* Letzte Jahre Meister geworden mit Hamann, eh … Nerlinger. Diese Spieler waren Spieler und waren Meister geworden. Ist immer verletzt! Hat gespielt 25 Spiele in diese Mannschaft, in diese Verein. Muss respektieren die andere Kollegen!

Haben viele Kollegen, stellen sie die Kollegen infrage! Haben keine Mut an Worten, aber ich weiß, was denken über diese Spieler. Mussen zeigen jetzt, ich will, Samstag, diese Spieler mussen zeigen mich, eh ... seine Fans, mussen alleine die Spiel gewinnen. Muss allein die Spiel gewinnen!

Ich bin müde jetzt Vater diese Spieler, eh ... verteidige immer diese Spieler. Ich habe immer die Schulde ... über diese Spieler. Einer ist Mario, einer, ein anderer ist Mehmet. Strunz dagegen, egal, hat nur gespielt 25 Prozent diese Spiel!

Ich habe fertig!"

„Zurück in die Funkhäuser"
Fußball und die Medien

Es war am letzten Spieltag, Werder Bremen hatte gerade die deutsche Meisterschaft gewonnen. Otto Rehhagel, damals Werders Trainer, stand auf einer Bühne in einem Festzelt. Der Fernsehsender *Sat.1* übertrug live und führte ein Interview mit Rehhagel. Irgendwann meinte der Moderator im Studio: „Herr Rehhagel, Sie können doch so schön auf den Fingern pfeifen. Pfeifen Sie doch mal den Triumphmarsch."

Otto Rehhagel kann tatsächlich klasse auf den Fingern pfeifen, er macht das immer am Spielfeldrand. Dazu schiebt er den kleinen Finger unter die Zunge und stellt den Arm im 90-Grad-Winkel ab; mit der anderen Hand rudert er in der Luft, um seine Mannschaft nach vorne zu treiben. Für Rehhagel ist das Auf-den-Fingern-Pfeifen eine ernste Sache.

Für *Sat.1* nicht. Für *Sat.1* sollte es ein netter Gag sein. *Sat.1* „gehört" die Bundesliga, das heißt, der Sender hat für viel Geld das Recht erworben, die Bundesliga im Fernsehen zu übertragen. Jeder Verein verdient dadurch, dass so viel Fußball gezeigt wird, mehr als zehn Millionen Mark pro Saison. Dafür will *Sat.1* natürlich alle Spiele übertragen – *ran* am Freitag, *ran* am Samstag, *ran* am Sonntag, täglich *ran*. Der Ball soll ja nicht ranzig werden, er soll rollen. Aber die Leute wollen ja auch mal was anderes sehen als Fußball, zum Beispiel Trainer, die gerade Meister geworden sind und den Triumphmarsch auf den Fingern pfeifen.

Im Auge der Objektive: Den modernen Medien entgeht nichts.

Otto Rehhagel pfiff aber nicht. „Wir haben uns vielleicht verkauft", raunzte der Trainer, der damals noch bei Werder Bremen arbeitete, „aber deswegen muss ich mich hier nicht zum Clown machen." Er pfiff einfach nicht.

Im Verhältnis zwischen den Medien, zu denen das Fernsehen ja auch gehört, und dem Fußball hat sich einiges verschoben.

Leute wie der standhafte Herr Rehhagel sind selten geworden. Es ist ja auch eine gelungene Beziehung, die Kameras und Kicker eingegangen sind. Nicht wenige Experten sind der Meinung, dass nur deshalb so viele Zuschauer in die Stadien kommen, weil *Sat.1* den Fußball so bunt und schön präsentiert.

Jeder Spielbericht ist ein Werbespot für einen Stadionbesuch. Die Fernsehsender bekommen eine gute Einschaltquote – und eine gute Einschaltquote bedeutet viele Werbeeinnahmen. Früher war es anders, früher gab es die *Sportschau* und sonst nichts. Samstags um sechs mussten das Auto gewaschen und der Sohnemann gebadet sein, dann schaltete Vati das *Erste* ein und Heribert

Faßbender sagte: „Gutnabndallerseits." Und dann gab es Fußball, alle Spiele in nicht einmal 60 Minuten. Wenn ein Spiel richtig schlecht war, sagte ein Reporter: „Das war ein schlechtes Spiel." Der Spielbericht zeigte dann Fehlpässe und Stockfehler und Schüsse auf Reihe 15, Westtribüne. Daheim im Fernsehsessel griff man erleichtert in die Chipstüte und war froh, dass man zu Hause im Warmen geblieben war. Die *Sportschau* sagte einem damals, was gut und schlecht war. Das war Sportjournalismus.

> Mal verliert man und mal gewinnen die anderen.
>
> Otto Rehhagel

Wer heute Fußball überträgt, macht Unterhaltung. Das gilt auch für jede andere Sportveranstaltung, die übertragen wird: Es ist bunte Unterhaltung, Show. Wenn heute ein Spiel richtig schlecht war, dann zeigen die Sender statt der vielen Fehlpässe nette Bilder von der Tribüne. Vielleicht mal eine besonders hübsche Zuschauerin oder ein Kind, das herzhaft in eine Bratwurst beißt, einen gelangweilten Schäferhund, die untergehende Sonne oder den aufgehenden Mond. Dann ist der Spielbericht schon vorüber und niemand hat abgeschaltet. Fußball ist sooo schön!

Wie sich der Fußball im Fernsehen verändert hat, kann man gut an Jörg Wontorras Werdegang ablesen. Wontorra wird in Umfragen unter Fernsehzuschauern meistens zum beliebtesten oder sogar besten Fußballmoderator gewählt. Wenn er im *ran*-Studio in Berlin steht, klatscht das Studiopublikum wie wild. (Es klatscht allerdings immer wie wild, es gibt sogar Leute, die den Zuschauern vor der Sendung erklären, wie man wild klatscht.) Also, Wontorra war früher, ehe er zu *Sat.1* ging, Sportchef bei *Radio Bremen* und berichtete meistens über den SV Werder Bremen. Dort war, siehe oben, Otto Rehhagel Trainer. Einmal übertrug Wontorra, der ein sehr kritischer Journalist war, ein Spiel der Bremer gegen Mjöndalen, eine norwegische Mannschaft. Werder hatte das Hinspiel im UEFA-Pokal-Wettbewerb in Norwegen gewonnen, aber beim Rückspiel im Bremer Weserstadion spielten sie so schlecht und gelangweilt, dass sie 0:1 verloren.

Die Zuschauer im Stadion pfiffen, weil sie sich auf ein munteres Spiel gefreut hatten. Wontorra sagte am Fernsehschirm: „Das war Betrug am Zuschauer." Daraufhin erteilte ihm der SV Werder Bremen Stadionverbot, aus der Sache wurde ein richtiger Skandal. Denn es ging darum, wie kritisch Reporter sein dürfen und ob ein Fußballverein, dem die Berichte nicht passen, einen Journalisten einfach aussperren darf. Wontorra blieb hart, irgendwann durfte er wieder Spiele aus dem Weserstadion übertragen.

Und heute? Heute ist das alles vergessen. Jörg Wontorra ist nun sogar der erste Fernsehreporter, der in einem Fußballverein eine Funktion hat, also wirklich in dem Verein mitmacht, anstatt nur über ihn zu berichten. Wontorra ist ein Mitglied des Aufsichtsrats von – ausgerechnet! – Werder Bremen. Er soll dort den Kontakt zu den Medien verbessern, er will die Fußballer darin schulen, wie man gute Interviews gibt. Und er will eine eigene TV-Firma, die der SV Werder Bremen besitzt, zum Erfolg führen. Fernsehmoderator ist Wontorra trotzdem noch.

Fußball und Medien, das ist ein großes Geben und Nehmen geworden. Zum Beispiel *tm3*: Da hatte ein australischer Medienmogul (einer, der überall auf der Welt Fernsehsender und Zeitungen und Filmproduktionsfirmen besitzt und unwahrscheinlich reich ist) gehört, dass es im guten alten Europa eine ziemlich attraktive Liga geben soll. Die Champions League, wo die Meister aller Länder spielen. Die Spiele der Champions League wurden von *RTL* und *Premiere* übertragen, sie brachten *RTL* an manchen Abenden zehn Millionen Zuschauer. So etwas gefiel Rupert Murdoch – so heißt der Medienmogul aus Australien. Und weil er sowieso schon einen Fernsehsender in Deutschland besaß, dachte er: Die Champions League will ich haben.

Dummerweise hieß sein Fernsehsender *tm3* und war bis dahin fast nur Frauen bekannt. Auf der Fernbedienung hatten die Zuschauer *tm3* meistens auf Programmplatz 30 oder noch weiter hinten eingespeichert. Die berühmteste *tm3*-Sendung ist die *Vorher-Nachher-Show*. Da werden Frauen, die mit ihrer Frisur oder ihren Klamotten nicht zufrieden sind, von Modeberatern neu geschminkt und angezogen. Die Zuschauer sehen erst ein Foto der Frau, wie sie vorher aussah (buh!). Aber dann kommt sie ganz fesch ins Studio, die Leute klatschen wie wild (schon wieder) und die Frau sagt, sie fühle sich wie ein neuer Mensch. Das sagen sie fast alle.

Man kann sich vorstellen, dass es eine große Sensation war, als Mister Murdoch 500 Millionen Mark auf den Tisch legte und die Champions-League-Rechte seinem Sender *tm3* kaufte. Die *Vorher-Nachher-Show* kam jetzt nicht mehr donnerstags, sondern freitags. Donnerstags gab es den Champions-League-Club. Und plötzlich war *tm3* ganz weit vorne auf der Fernbedienung, aber dann holte sich RTL die Rechte nach einem Jahr zurück.

Fußball ist eine attraktive Ware für die Medien – und die bestehen zum Glück nicht nur aus dem Fernsehen. Es gibt auch noch das gute alte Radio. Man muss das unbedingt ab und zu mal machen: sich an einem schönen Sommernachmittag ein tragbares Radio schnappen, aufs Fahrrad schwingen und an den See radeln. Dann gemütlich ins Gras legen, einen Sender suchen, der Fußball überträgt – und zurücklehnen, die Augen schließen, zuhören. Es gibt nichts Spannenderes, als die Schlusskonferenzen von fünf oder sechs Bundesligaspielen im Radio zu verfolgen. Die Reporter im Stadion am Mikrofon haben ja nicht irgendwelche bunten Bilder, die sie zeigen können, wenn gerade nichts passiert. Sie müssen die Bilder mit ihren Worten selber malen, reden, reden, reden. Fernsehen für die Ohren hat das mal jemand genannt.

Man hört also gerade den Reporter aus dem Dortmunder Westfalenstadion: „Borussia führt hier mit 3:0, alles ist gelaufen, wenn die Dortmunder so weiterspielen, werden sie ein gewichti-
 ges Wörtchen mitreden um die Meisterschaft ...“ – Dann aus dem Hintergrund: „Tooor, Tooor!“ – Der Reporter in Dortmund: „Ich höre, irgendwo ist ein Tor gefallen?“ – Im Hinter-

grund: „Ja, Tor in Hamburg! Alles wieder offen!" Eine Sekunde später ist man in Hamburg, Volksparkstadion, der Reporter sagt: „Das hätte ich nicht mehr für möglich gehalten, drei Minuten vor Schluss macht Yeboah noch das 1:1! Jetzt ist sogar noch mehr drin für den HSV, da noch ein paar Minuten zu spielen sind im Volksparkstadion. Ich gebe weiter nach Stuttgart." Der Reporter in Stuttgart: „Hier ist schon Schluss, der VfB enttäuscht mit einem 0:0 gegen Duisburg, es gibt nichts mehr zu sagen." So geht das in atemberaubendem Tempo weiter, und wenn dann endlich alle Spiele aus sind, sagt einer: „Das war die Schlusskonferenz aus der Fußball-Bundesliga. Zurück in die Funkhäuser." Entspannt lassen sich die Hörer zurücksinken, erschöpft davon, bei sechs Spielen gleichzeitig gewesen zu sein. Ein reines Vergnügen, keine Werbung, keine überflüssigen Bilder, keine gähnenden Schäferhunde. Nur Fußball.

Und wem das alles zu schnell geht, der kann am nächsten Tag die Zeitung lesen. Er kann *jede* Zeitung lesen, denn keine kommt mehr ohne Fußball aus. Tageszeitungen, Wochenzeitungen, Fachzeitungen, selbst Wirtschaftszeitungen wie das *Handelsblatt* berichten über Fußball. Zu Spielen der Fußball-Nationalmannschaft reisen manchmal mehr als 300 Reporter, von den *Kieler Nachrichten* bis zur *Süddeutschen Zeitung*, vom *kicker* bis zu *bravo-sports*, von *Spiegel* bis *Stern*. Nichts bleibt unberichtet.

Vor allem nicht in *Bild*. Die ist die größte Tageszeitung in Deutschland, mehr als vier Millionen ihrer Zeitungen werden jeden Tag gedruckt (und gekauft!). Für die Fußballer ist *Bild* vielleicht die wichtigste Zeitung, weil sie die größte Macht hat die Meinung der Leser zu beeinflussen. Wenn ihre Reporter schreiben: „Mister X, du Fußballgott", dann wird Mister X am nächsten Wochenende im Stadion ziemlich laut gefeiert. Und wenn sie „Berti Bratwurst" über Berti Vogts schreiben, dann lachen die Leute über Berti Vogts. *Bild* hat tatsächlich einmal Berti Vogts „Berti Bratwurst" genannt. Das war nach der WM 1994 in den USA. Deutschland hatte das ganze Turnier über nicht gut gespielt. Im Viertelfinale spielte die Mannschaft des damaligen Bundestrainers Berti Vogts in New York gegen Bulgarien. Sie verlor 1:2 und die Reporter der *Bild-Zeitung* beschlossen: Daran musste Vogts schuld sein. Also druckten sie am nächsten Tag auf der ersten Seite einen Kündigungsbrief ab und verlangten in einer dicken Überschrift: „Berti, hier unterschreiben."

Solche Dinge sind der Grund dafür, warum das Verhältnis zwischen Fußballern und den Medien nicht immer das beste ist. Obwohl die Fußballer natürlich wissen, dass sie auch von den Medien leben, fühlen sie sich ständig ungerecht behandelt. Die dicken Überschriften in den Zeitungen haben eine Menge Macht.

Deshalb gibt es auch zwischen Fußballern und Zeitungen dieses Geben und Nehmen, obwohl Zeitungen (bis jetzt) noch nichts dafür bezahlen müssen, um über Fußball berichten zu dürfen. Viele Fußballer haben ihre Lieblings-Boulevardzeitung (das sind die mit den kurzen Sätzen und den dicken Balken-Überschriften, wie eben *Bild*). Den Reportern dieser Zeitung erzählen sie dann ab und zu mal eine Geschichte aus der Kabine, zum Beispiel was der Trainer nach dem 0:3 gesagt hat oder wie sich der Libero mit dem Stürmer gestritten hat. Für die Zeitung ist das eine gute Story, zum Dank bekommt der Informant im nächsten Spiel eine bessere Note. Boulevardzeitungen benoten nämlich die Spieler. (Wer benotet eigentlich die Boulevardzeitungen?) Eine Hand wäscht die andere.

> Ich sehe einen positiven Trend: Tiefer kann es nicht mehr gehen.
>
> OLAF THON

Und die Moral von der Geschicht': Letztlich muss sich jeder sein eigenes Bild machen aus TV, Radio und Zeitung.

PS: Damals, als Werder Bremen Meister wurde und Otto Rehhagel nicht auf den Fingern pfeifen wollte, sprang der damalige Manager Willi Lemke ein. Lemke kann schließlich auch auf den Fingern pfeifen und trällerte das gewünschte Lied. Bloß keine schlechte Stimmung machen – Lemke musste ja wieder den nächsten Vertrag mit dem Fernsehen abschließen, nicht Rehhagel …

Ein UFO mit McDonalds
Das Fußballstadion der Zukunft gibt es schon

Manchmal ist nicht das Fußballspiel der Grund dafür, dass Menschen ins Stadion gehen. Manchmal ist das Stadion selbst der Grund. In Hamburg zum Beispiel gibt es das Stadion am Millerntor, eine kleine baufällige Sportarena, aber es ist eines der berühmtesten Stadien Deutschlands. Dort nämlich spielt der FC St. Pauli, und im Wilhelm-Koch-Stadion mit seinen engen, gemütlichen Tribünen, auf die gerade mal 20 000 Menschen passen, ist eine Stimmung wie bei einer Party. Und das garantiert immer, egal wie schlecht das Spiel ist, egal wie hoch die Kicker vom Kiez mal wieder verlieren. Das Wilhelm-Koch-Stadion des FC St. Pauli hat deshalb den Spitznamen „Freudenhaus der Liga" bekommen.

Aber solche Stadien sind eben klein und alt, und wenn die Stimmung auch bestens ist und jeder Spieltag ein Festtag, muss der Verein doch auch ein bisschen Geld verdienen. Und das geht schlecht mit einem alten Stadion, denn man kann ja nicht so viel Eintritt verlangen, wenn der Zuschauer Gefahr läuft, sich auf dem alten Holzsitz die Hose kaputtzureißen. Oder sich eine Lungenentzündung zu holen, sobald der Herbst über den Fußball herfällt mit seinen Stürmen und seinen Regenschauern und der feuchten Kälte, die im Stadion so unangenehm ist. (Es gibt jetzt schon Stadien, da hängen Heizstrahler unterm Tribünendach. Zum Beispiel in Eindhoven/Holland. Die erwärmen die Luft um ungefähr sieben Grad Celsius.)

Also bauen die Vereine neue Stadien, große moderne Sportanlagen mit ganz viel Luxus. Alle Plätze in den neuen Stadien sind überdacht, jeder Zuschauer hat seinen einzelnen Plastiksitz und manche haben sogar so viel Geld, dass sie sich eine Loge mieten können. Dann sitzen sie in einem kleinen Raum vor einer großen Glasscheibe, bekommen Lachs und Champagner serviert, können ihre Jacke an der Garderobe abgeben und auf ihrem eigenen Logen-Fernseher ein anderes Fußballspiel anschauen, wenn jenes, das unten im Stadion gerade läuft, zu langweilig ist.

Bequem sollen sie sein, die neuen Stadien. Man soll sich nicht mehr auf dem Weg zu seinem Platz drängeln müssen oder die ganze Halbzeitpause damit zubringen sich an der Toilette anzustellen. Man soll mit dem Auto bis in die Tiefgarage unter der Tribüne fahren können. In Leverkusen, wo eines der modernsten deutschen Stadien steht, gibt es sogar ein Hotel direkt im Stadion. Im Bremer Weserstadion wohnen die Schüler des Fußballinternats im vierten Stock der Osttribüne. Daneben hat der Jugendmanager seine Wohnung, dreieinhalb Zimmer mit Wintergarten. Aus manchen Fenstern kann man aufs Spielfeld schauen. In Dortmund entstand die größte Stehplatztribüne Europas mit 25 000 Plätzen, und die Leverkusener BayArena war das erste deutsche Stadion mit einer eigenen McDonalds-Filiale.

> Früher war ich ein großer Fan von Mönchengladbach, da hatte ich noch keine Ahnung von Fußball.
>
> MARCO REICH

Aber das sind alles nur Kleinigkeiten gegen das, was in Amsterdam entstanden ist. In Amsterdam nämlich gibt es schon heute das Stadion der Zukunft, die Amsterdam Arena. Das ist die modernste Spielstätte, die es in Europa gibt. Sie ist so modern, dass alle, die irgendwo anders ein Stadion bauen wollen, erst einmal nach Amsterdam fahren um sich dieses … dieses – dieses Ding anzuschauen.

Manchen raubt schon der erste Anblick den Atem. Im Amsterdamer Bezirk Bijlmer-Südost scheint ein UFO gelandet zu sein. Ein ziemlich großes UFO, in dem nicht nur das eine kleine grüne Männchen Platz hätte, auf das wir alle warten, sondern eine kleine Stadt von grünen Männchen. Die Amsterdam Arena ist rund und breit und flach. Nachts, wenn die Lichter angehen, glaubt man, gleich flöge sie wieder dorthin zurück, wo sie hergekommen ist.

Das Stadion hat ein Schiebedach, man muss nur ein paar Knöpfe drücken, schon sitzt man nicht mehr draußen, sondern drinnen in einer Halle. Das Dach ist so groß und so schwer (1400 Tonnen!), dass es 20 Minuten dauert, bis die acht Motoren es geschlossen haben. Die Amsterdam Arena hat ihren eigenen U-Bahn- und Autobahn-Anschluss, beides unterirdisch, und in seinem Bauch ist Platz für 2600 Autos. Die Aufzüge aus den Park-

UFO im Anflug: In Amsterdam steht das Stadion der Zukunft, verschließbares Dach und Chipkarten-Geld inklusive.

häusern fahren die Besucher direkt hoch zu den Tribünen. Und weil die Amsterdam Arena in Holland steht, gibt es natürlich auch Stellplätze für 3000 Fahrräder und sogar eine Fahrradwerkstatt. Gibt es einen Holländer, der sonst in dieses Stadion ginge?

51 133 Zuschauer passen hinein, ungefähr 44 000 auf Schalensitzen aus Plastik, der Rest zieht sich in die teuren Logen und VIP-Bereiche zurück. Ein Logen-Ticket kostet pro Saison 10 000 holländische Gulden. Dafür ist die Amsterdam Arena aber nicht nur ein Stadion, es ist ein riesengroßer Freizeitpark. Es gibt zum Beispiel Schönheits- und Frisiersalons und einen Badebereich mit Whirlpool. 15 Restaurants stehen dafür bereit, dass in der neuen Fußballwelt niemand verhungert, es gibt zusätzlich sechs Hamburger-Brater für die Eiligen und 60 Kioske. Und wenn das Geld zur Neige geht, kann man schnell rüber zur Stadion-Bank und neues abheben. Allerdings wird in der Amsterdam Arena nicht mit richtigem Geld bezahlt. Jeder Zuschauer bekommt eine

Chipkarte, die er an einer Art Geldautomat aufladen kann. Mit der kann man dann bezahlen. Sogar eine eigene Währung gibt es im Stadion, den „Arena". Ein „Arena" entspricht 1,67 Gulden. Ein Hamburger kostet drei Arena, guten Appetit.

Weil die Niederlande aber auch ein Land sind, wo es neben vielen tollen Fußballfans, die in ihren „Oranje"-Trikots lustige Feste feiern, auch viele Hooligans gibt, überwachen 80 Kameras die Tribünen. Sogar ein Staatsanwalt ist im Stadion, der sofort Verhaftungen anordnen kann. Wenn jemand eine Rauchbombe zündet, springt automatisch ein Gebläse an, das frische Luft ins Stadion pumpt. Auch der Rasen wird nach einem Zeitplan bewässert, den ein Computer regelt. Ingesamt wurden für die Amsterdam Arena, die am 14. April 1996 mit einem Spiel zwischen Ajax Amsterdam und dem AC Mailand eingeweiht wurde, 4000 Tonnen Stahl und 70000 Kubikmeter Beton verbaut. Am 10.03.1993 hatten die Bauarbeiter mit dem Werk angefangen und über drei Jahre daran gebaut. Die Ajax-Fans haben es da leichter, sie können sich im Fanshop für 44,95 Gulden ein Pappstadion zum Selberkleben kaufen.

Puh, nach so vielen Zahlen muss man erst mal Luft holen – und es sind eben auch nur Zahlen. Fußball ist aber viel mehr als soundso viele Tonnen Beton und Glas und Plastiksitze. Deshalb gibt es schon viele Fans von Ajax Amsterdam, die sich nach ihrem alten Stadion De Meer zurücksehnen. In der Amsterdam Arena, sagen sie, in diesem Hightech-Stadion, das immer blank gewienert wird und in dem es Vorfahrtsregeln in den Gängen der Tribüne gibt, käme keine Stimmung auf. Man fühle sich eher wie im Theater als wie bei einer Sportveranstaltung. Die Atmosphäre sei irgendwie unnatürlich. Und es wird immer verrückter: Der FC Schalke 04 eröffnete gerade ein Stadion, das die Amsterdam Arena noch übertrifft. Die Schalker haben sich noch etwas ganz Besonderes ausgedacht. Um das Stadion auch für andere Veranstaltungen nutzen zu können, kann der Rasen per Knopfdruck nach draußen gerollt werden. (Vielleicht sollte man jedem Zuschauer einen Knopf unter den Sitz schrauben. Und wenn während eines Spiels der Schalker mehr als die Hälfte der Fans auf die Knöpfe drücken, wird einfach der Rasen samt Spielern hinausgerollt. Dafür spielt dann in der zweiten Halbzeit Michael Jackson.)

Ach ja, noch mal zum Freudenhaus der Liga: Nachdem der Hamburger SV inzwischen auch ein neues Stadion hat, plant der FC St. Pauli schon seit längerem, ebenfalls die Handwerker kommen zu lassen. Der Verein stellt sich so etwas Ähnliches vor wie die Amsterdam Arena in ganz klein. Ob es in einem „Multifunktionalstadion" wohl noch solche Feste geben kann?

Andere berühmte Stadien

STADT/LAND	STADIONNAME	FASSUNGSVERMÖGEN
Barcelona/Spanien	Nou Camp	115000
Madrid/Spanien	Santiago Bernabeu	108000
London/England	Wembley-Stadion,	79045
Manchester/England	Old Trafford	55800
Berlin/Deutschland	Olympiastadion	76243
München/Deutschland	Olympiastadion	69000
Paris/Frankreich	Saint Denis	105000
Mailand/Italien	Stadio Meazza	85700
Rio de Janiero/Brasilien	Maracana	125000
Mexiko City/Mexiko	Azteca	114000
Los Angeles/USA	Rose Bowl	100092

Die wichtigsten Wettbewerbe und Pokale im Fußball

Die Weltmeisterschaft (WM)

Weltmeisterschaften sind ja überhaupt das Allergrößte, schon deshalb, weil sie so ein seltenes Ereignis sind. Seltene Ereignisse werden allein schon durch ihre Seltenheit interessant, man muss sich da nur mal kurz an die Sonnenfinsternis vom 11. August 1999 erinnern. Ziemlich selten, ziemlich besonders.

FRANCE 98

Baskenmütze, Baguette unterm Arm und als einziger im Besitz einer WM-Eintrittskarte – daran erkennt man den typischen Franzosen!
THEO'S REISEN
TUI
BURKH

Eine Fußball-WM gibt es alle vier Jahre, die nächste findet 2002 in Japan und Südkorea statt, zum ersten Mal in der Geschichte in zwei Ländern. 32 Mannschaften dürfen mitspielen, aber weil der Fußball-Weltverband FIFA fast 200 Mitgliedsländer hat, die alle mal bei einer WM mitspielen wollen, muss für das vierwöchige Turnier eine Qualifikationsrunde gespielt werden. Die dauert länger als ein Jahr. Einen Startplatz geschenkt bekommen immer der Titelverteidiger und der WM-Gastgeber. Der Turniersieger erhält einen hübschen goldenen Pokal, den schon sehr berühmte Menschen geküsst haben, zum Beispiel Franz Beckenbauer (1974) und Diego Maradona (1986).

Eine Fußball-Weltmeisterschaft ist für das Land, das sie ausrichten darf, ein riesengroßes Geschäft. In Deutschland, haben Experten ausgerechnet, wird die WM 2006 für die Wirtschaft einen Wert von 15 Milliarden Mark haben, weil noch mehr neue Stadien gebaut werden, neue Straßen, und weil jede Menge Fans ins Land kommen, die hier übernachten und essen müssen. Noch mehr Kinder werden Fußball spielen und sich Trikots, Schuhe und Bälle kaufen, die Bundesliga wird noch populärer usw. Kein Wunder, dass sich so viele Länder außer Deutschland darum bemühten, die WM 2006 zu bekommen (Südafrika, Brasilien, England, Marokko). Und kein Wunder, dass die Herrscher des Weltfußballs wollen, dass es mehr WMs geben soll. Sie denken darüber nach, alle zwei Jahre den Besten zu ermitteln. Die Hersteller von Sonnenfinsternis-Brillen sind schon ganz neidisch, die haben diese Möglichkeit ja nicht.

Der Pokal: Als erster Spieler einer Weltmeister-Elf erhielt Franz Beckenbauer 1974 den neuen WM-Pokal überreicht. Nachdem Brasilien 1970 in Mexiko den Titel zum dritten Mal gewonnen hatte, ging der Vorgänger-Pokal, der *Coupe Jules Rimet*, endgültig in den Besitz der Südamerikaner über. Der Fußball-Weltverband gab darauf eine neue Trophäe in Auftrag. Gleich 53 Modelle kamen in die Auswahl, den Zuschlag erhielt der italienische Bildhauer Silvio Gazzaniga.

Der 36 Zentimeter hohe Pokal wurde aus 18-karätigem Gold hergestellt und wiegt 4970 Gramm. Im Sockel sind zwei Kränze von Malachit-Halbedelsteinen eingelegt. Auf dem Sockel haben 17 Eintragungen Platz. Nach dem neuen Reglement bleibt die Trophäe im ständigen Besitz des Fußball-Weltverbandes FIFA. Der bei einer WM-Endrunde siegreiche Verband erhält eine Nachbildung, die nur vergoldet ist.

Alle Weltmeister und ihre Endspielgegner

1998 in Frankreich: Frankreich – Brasilien 3:0
1994 in den USA: Brasilien – Italien 3:2 i. E. (0:0 n. V.)
1990 in Italien: Deutschland – Argentinien 1:0
1986 in Mexiko: Argentinien – Deutschland 3:2
1982 in Spanien: Italien – Deutschland 3:1
1978 in Argentinien: Argentinien – Niederlande 3:1 n. V.
1974 in Deutschland: Deutschland – Niederlande 2:1
1970 in Mexiko: Brasilien – Italien 4:1
1966 in England: England – Deutschland 4:2 n. V.
1962 in Chile: Brasilien – Tschechoslowakei 3:1
1958 in Schweden: Brasilien – Schweden 3:2
1954 in der Schweiz: Deutschland – Ungarn 3:2
1950 in Brasilien: Uruguay – Brasilien 2:1
1946 keine WM
1942 keine WM
1938 in Frankreich: Italien – Ungarn 4:2 n. V.
1934 in Italien: Italien – Tschechoslowakei 2:1
1930 in Uruguay: Uruguay – Argentinien 4:2

Die Europameisterschaft (EM)

Eine EM gibt es auch alle vier Jahre, nur dass dabei, wie der Name schon sagt, nur europäische Mannschaften mitspielen dürfen, 24 an der Zahl. Da aber in Europa vor allem wegen der politischen Wende in Osteuropa immer mehr neue Länder entstanden sind, dauert auch für die EM eine Qualifikation ein gutes Jahr. Im Unterschied zur WM ist bei der EM der Titelverteidiger nicht automatisch im nächsten Turnier wieder dabei. 1996 in England hatte ja Deutschland gewonnen, musste sich für die EM 2000 in Holland und Belgien aber trotzdem erst wieder qualifizieren.

Man kann bei einer EM zwar nicht so berühmt werden wie bei einer WM, aber trotzdem werden manchmal Spieler ziemlich wichtig, die man vorher kaum kannte. 1996 zum Beispiel war der Ostfriese Dieter Eilts von Werder Bremen der Star, weil er so gut grätschen konnte wie kein anderer bei dem gesamten Turnier. Und besondere Begegnungen ermöglicht eine EM auch: Bei der Siegerehrung im Londoner Wembley-Stadion schüttelte den Siegern niemand Geringeres die Hand als Queen Elizabeth.

Ähnlich wichtig wie die EM sind auf anderen Kontinenten die Afrika-Meisterschaft und die Südamerika-Meisterschaft, wo europäische Vereine sich oft nach neuen Spielern umschauen. Immer bedeutender wird auch die Asien-Meisterschaft, während die Kontinentaltitelkämpfe von Ozeanien und Nordamerika eher unbedeutend sind.

Der Pokal: Der Europameister erhält als Pokal die *Coupe Henri Delauney*. Das Original ist 50 Zentimeter hoch und zehn Kilogramm schwer. Benannt wurde die versilberte Trophäe nach dem Franzosen Henri Delauney, dem ersten UEFA-Generalsekretär und Erfinder der Europameisterschaft. Der EM-Pokal wurde im Jahr 1960 in Paris entworfen.

Alle Europameister und ihre Endspielgegner

2000 in Holland/Belgien: Frankreich – Italien 2:1 n. V.
1996 in England: Deutschland – Tschechien 2:1 n. V.
1992 in Schweden: Dänemark – Deutschland 2:0
1988 in Deutschland: Niederlande – Sowjetunion 2:0
1984 in Frankreich: Frankreich – Spanien 2:0
1980 in Italien: Deutschland – Belgien 2:1
1976 in Jugoslawien:
Tschechoslowakei – Deutschland 5:3 i. E.
1972 in Belgien: Deutschland – Sowjetunion 3:0

1968 in Italien: Italien – Jugoslawien 2:0
1964 in Spanien: Spanien – Sowjetunion 2:1
1960 in Frankreich: Sowjetunion – Jugoslawien 2:1

Die Champions League
Früher hieß das einfach Europapokal der Meister, weil nur die Tabellenersten jedes Landes mitspielen durften. In der Champions League, einer Art Europaliga, dürfen dagegen auch Tabellenzweite, -dritte und -vierte mitmachen. Kritiker sagen deshalb, die Champions League sei gar keine richtige Champions League, sondern eine Mogelpackung. Trotzdem ist es der wichtigste Wettbewerb für Vereinsmannschaften, insgesamt gibt es für die Teilnehmer fast eine Milliarde Mark zu verdienen!

24 Mannschaften, darunter die jeweils ersten beiden der acht wichtigsten nationalen Ligen und acht in einer Qualifikationsrunde ermittelte Teilnehmer, spielen zunächst eine Vorrunde mit jeweils vier Mannschaften pro Gruppe. Die ersten beiden jeder Gruppe, also 16 Mannschaften, spielen eine Zwischenrunde, wieder zu je vier Mannschaften pro Gruppe. Wieder die ersten beiden jeder Gruppe kommen ins Viertelfinale, ab da geht es im K.-o.-System weiter. Das heißt, nach Hin- und Rückspiel kommt die bessere Mannschaft weiter, die schlechtere scheidet aus, bis ein Team übrig bleibt – der Champion!

> Fußball ist ein Spiel, bei dem 22 Mann einem Ball hinterherlaufen – und am Ende gewinnt immer Deutschland.
>
> GARY LINEKER
> ehemaliger englischer Nationalspieler

Der Pokal: Der Sieger bekommt die begehrteste Trophäe für europäische Vereinsmannschaften. Seit 1956 wird der Pokal vergeben, zunächst an den Sieger im Europapokal der Landesmeister und seit 1991 an den Gewinner der Champions League. Der derzeitige Pokal ist bereits die fünfte Ausgabe der 74 Zentimeter hohen und acht Kilogramm schweren Trophäe. Denn wer den Silberpokal mit der vergoldeten Innenseite entweder fünfmal insgesamt oder dreimal hintereinander gewinnt, darf die Trophäe behalten. Das gelang bisher Real Madrid und dem AC Mailand als fünfmalige Sieger sowie Bayern München und Ajax Amsterdam, die in den 70er Jahren jeweils dreimal hintereinander gewonnen haben. Sobald eine Mannschaft einen Cup für immer gewonnen hat, wird in einer Schweizer Goldschmiede ein neuer hergestellt. Der letzte ist schon seit 1994 unterwegs.

Die bisherigen Gewinner der Champions League und ihre Endspielgegner

2001 FC Bayern München – FC Valencia 5:4 i. E.
2000 Real Madrid – FC Valencia 3:0
1999 Manchester United – Bayern München 2:1
1998 Real Madrid – Juventus Turin 1:0
1997 Borussia Dortmund – Juventus Turin 3:1
1996 Juventus Turin – Ajax Amsterdam 4:2 i. E.
1995 Ajax Amsterdam – AC Mailand 1:0
1994 AC Mailand – FC Barcelona 4:0
1993 Olympique Marseille – AC Mailand 1:0
1992 FC Barcelona – Sampdoria Genua 1:0 n. V.
1991 Roter Stern Belgrad – Olympique Marseille 5:3 i. E.

Der UEFA-Cup

Franz Beckenbauer, der als Spieler Weltmeister war, als Trainer auch, der viele Male deutscher Meister war und dreimal Europapokalsieger der Meister, hat über den UEFA-Cup gesagt: „Das ist der Verlierer-Pokal." Ein bisschen Recht hat der „Kaiser": Nach einer bestimmten Regel darf im UEFA-Cup-Wettbewerb pro Land eine bestimmte Anzahl von Mannschaften teilnehmen, die in ihrer Liga nicht ganz oben in der Tabelle gelandet sind. Inzwischen spielen auch die Pokalsieger der Länder in diesem Wettbewerb, weil der Pokalsieger-Cup abgeschafft worden ist. Und ein Platz ist sogar unter den fairsten Mannschaften Europas verlost worden! Der UEFA-Cup hat also an Bedeutung verloren, trotzdem erfährt man manchmal interessante Dinge. Zum Beispiel dass Bodö Glimt ein Verein in Norwegen ist und nicht eine Comicfigur, die Bodo heißt und eine glimmende Zigarette im Mundwinkel hat. (Bodö Glimt hat in der ersten Runde 1999/2000 gegen Werder Bremen gleich mal mit 0:5 verloren.) Im UEFA-Pokal wird von Anfang an im K.-o.-System gespielt.

Der Pokal: Jener Verein, der schließlich im letzten Spiel, dem Finale, gewinnt, bekommt einen 15 Kilogramm schweren Silberpokal. Die Trophäe wurde 1972 in Mailand entworfen. Ursprünglich war der Marmorsockel des 65 Zentimeter großen Pokales mit kleinen Landesfähnchen aller UEFA-Mitgliedsstaaten verziert. Doch im Zuge der rasanten Neustaatenbildung in Europa kam die UEFA, das ist übrigens der Europäische Fußball-Verband, nicht mehr nach. Statt der offiziellen 51 Mitgliedstaaten (Stand 1999) sind zurzeit erst 35 Länder auf dem Sockel repräsentiert. Außerdem sind auf dem unteren Teil des Pokals rundherum Darstellungen von Fußballspielern herausgearbeitet. Statt elf sind aber nur neun Spieler vertreten – Ausdruck der künstlerischen Freiheit des Designers. Der Sieger im UEFA-Cup darf sich übrigens nur eine Nachbildung in die Vitrine stellen, die höchstens vier Fünftel der Originalgröße betragen darf.

Die UEFA-Cup-Sieger und ihre Endspielgegner der letzten zehn Jahre

2001 FC Liverpool – CD Alaves 5:4 n. V. (nur ein Endspiel)
2000 Galatasaray Istanbul – Arsenal London 4:1 i. E. (n. e. E.)
1999 AC Parma – Olympique Marseille 3:0 (nur ein Endspiel)
1998 Inter Mailand – Lazio Rom 3:0 (nur ein Endspiel)
1997 Schalke 04 – Inter Mailand 1:0 / 4:1 i. E. (Hin-/Rückspiel)
1996 Bayern München – Girondins Bordeaux 2:0 / 3:1
1995 AC Parma – Juventus Turin 1:0 / 1:1
1994 Inter Mailand – Austria Salzburg 1:0 / 1:0

1993 Juventus Turin – Borussia Dortmund 3:1 / 3:0
1992 Ajax Amsterdam – AC Turin 0:0 / 2:2
1991 Inter Mailand – AS Rom 2:0 / 0:1
1990 Juventus Turin – AC Florenz 3:1 / 0:0

Die Bundesliga
Das Prunkstück in Deutschland – und sie funktioniert immer noch beinahe unverändert so, wie man sie sich 1963 ausgedacht hat. Nur die Zahl der Mannschaften schwankte in der Vergangenheit. Eine Zeit lang waren es nur 16 Teams, nach der Wiedervereinigung Deutschlands für eine Saison 20. Inzwischen aber gehören immer 18 Mannschaften der Bundesliga an, jeder spielt gegen jeden zweimal pro Saison. So kommt man auf 34 Spieltage. Der Sieger eines Spiels bekommt drei Punkte, für ein Unentschieden bekommt jedes Team einen Punkt, für eine Niederlage gibt's keinen Punkt. Spieltag für Spieltag wird eine Tabelle errechnet, in der die Punkte für jede Mannschaft zusammengezählt werden. Wer nach 34 Spielen die meisten Punkte hat, ist deutscher Meister. Bei gleicher Punktzahl ist die Mannschaft vorne, die das bessere Torverhältnis hat. Neben dem Meister darf auch der Tabellenzweite in der Champions League spielen, der Dritte und Vierte können sich dafür qualifizieren. Wenn sie es nicht schaffen, spielen sie im UEFA-Pokal, genauso wie der Tabellenfünfte und -sechste. Die letzten drei Mannschaften steigen in die Zweite Liga ab, dafür steigen die drei Besten der Zweiten Liga in die Bundesliga auf. (So funktioniert das Ligasystem bis in die untersten Klassen.)

> Heute hat das Glück gefehlt – und dann kam auch noch Pech dazu.
>
> JÜRGEN WEGMANN

Der Pokal: Der deutsche Meister bekommt zur Belohung die Meisterschale des Deutschen Fußball-Bundes (DFB), die manche Spieler auch „Salatschüssel" nennen, weil sie ein bisschen so aus-

sieht. Der Meister darf die Schale ein Jahr behalten, sie ist ein Wanderpokal. Für die ursprüngliche Meisterschale, im Durchmesser 50 cm groß, wurden Materialen im Wert von ca. 18000 Mark verarbeitet. Der DFB beziffert den heutigen Wert auf ca. 50000 Mark. Die ursprüngliche Meisterschale besteht aus 5,5 kg Sterlingssilber und ist mit fünf großen und elf kleinen Turmalinen (insgesamt 175 Karat) besetzt. Auf der Meisterschale sind alle Deutschen Meister seit 1903 – beginnend mit dem VfB Leipzig – eingraviert. 1981 war die Schale jedoch für neue Gravuren zu klein geworden, sodass ein weiterer Silberring untergearbeitet und mit Silberschrauben am ursprünglichen Ehrenteller befestigt wurde. Auf diesem Silberring, der etwa 45 Millimeter übersteht, befinden sich fünf Turmalin-Cabochons von 71,98 Karat in

Goldfassung, welche zwischen den neuen Gravurplatten angebracht sind. Hier können für weitere 30 Jahre die Gewinner dieser Ehrenschale eingraviert werden. Das Gesamtgewicht der Schale nach der Erweiterung beträgt ca. elf Kilogramm bei einem Durchmesser von 53 Zentimeter.

Alle deutschen Meister seit Einführung der Bundesliga

JAHR	VEREIN	JAHR	VEREIN
1964	1. FC Köln	1983	Hamburger SV
1965	Werder Bremen	1984	VfB Stuttgart
1966	TSV 1860 München	1985	FC Bayern München
1967	Eintracht Braunschweig	1986	FC Bayern München
1968	1. FC Nürnberg	1987	FC Bayern München
1969	FC Bayern München	1988	Werder Bremen
1970	Bor. Mönchengladbach	1989	FC Bayern München
1971	Bor. Mönchengladbach	1990	FC Bayern München
1972	FC Bayern München	1991	1. FC Kaiserslautern
1973	FC Bayern München	1992	VfB Stuttgart
1974	FC Bayern München	1993	Werder Bremen
1975	Bor. Mönchengladbach	1994	FC Bayern München
1976	Bor. Mönchengladbach	1995	Borussia Dortmund
1977	Bor. Mönchengladbach	1996	Borussia Dortmund
1978	1. FC Köln	1997	FC Bayern München
1979	Hamburger SV	1998	1. FC Kaiserslautern
1980	FC Bayern München	1999	FC Bayern München
1981	FC Bayern München	2000	FC Bayern München
1982	Hamburger SV	2001	FC Bayern München

Jobs rund um den Traumjob Fußballer

Fußballprofi zu werden, davon träumt fast jedes Kind. Nur die wenigsten schaffen es, aber es gibt viele, die trotzdem ganz nah dran sein dürfen an den Stars und am Ball. Ein kleiner Überblick, was es im Fußball noch so alles zu tun gibt – außer zu spielen.

Aufpasser: Ihnen kann man in einem Fußballstadion an ganz verschiedenen Stellen begegnen. Schon direkt nach dem Haupttor stehen normalerweise ein paar Männer und Frauen von irgendeiner Sicherheitsfirma und tasten die Zuschauer nach allem ab, was nicht in ein Stadion gehört. Sie suchen Dinge, die man werfen kann, alles was sich abfeuern lässt, natürlich jede Form von Waffen. Und sie kontrollieren sogar die Länge der Stange, an denen die Vereinsfahnen hängen – sind sie zu lang und damit zu gefährlich, müssen sie draußen bleiben.

Leider gelangen immer noch viele Dinge in den Stadioninnenraum, die dort überhaupt nicht hingehören.

Deshalb sind auch in den Stadien jede Menge Aufpasser, die teilweise durch scharfe Beobachtung, teilweise mit hochmoderner Technik Randalierer oder Rauchbombenzünder zu finden versuchen. So werden zum Beispiel die Tribünen mit Videokameras überwacht. Inzwischen gelingt es immer häufiger Quertreiber noch während des Spiels ausfindig zu machen und aus dem Stadion zu werfen.

Den härtesten Aufpasserjob haben aber die Jungs und Mädels am Spielfeldrand, die darauf achten müssen, dass kein Zuschauer auf den Rasen rennt. Die dürfen nämlich, egal wie spannend das Spiel auch ist, den Blick nicht von den Zuschauern lassen.

Balljunge: Für viele Jungs ist das ein Traumjob und zum Glück sind die Regeln im Fußball so geändert worden, dass es jetzt viel mehr Balljungen gibt als früher. Denn inzwischen müssen rund um das Spielfeld so viele Bälle bereitliegen, dass das Spiel gleich weitergehen kann, wenn mal wieder ein quadratfüßiger Verteidiger den Ball übers Tribünendach gebolzt hat. Deshalb müssen Fußball-Balljungen jetzt so ähnlich arbeiten wie Tennis-Balljungen: Ball fliegt raus, neuen Ball reinwerfen, alten Ball suchen gehen. Früher war es noch so, dass Balljungen, die ja immer aus dem Heimverein stammen, angewiesen wurden sich ein bisschen Zeit zu lassen, wenn die eigene Mannschaft führte – und sich natürlich zu beeilen, wenn der Gegner vorne lag. Heute ist das verboten, das Spiel ist dadurch noch um einiges schneller geworden.

Leider kann nicht jeder, der diesen Wunsch hat, wirklich Balljunge werden (und auf diese Art übrigens kostenlos ins Stadion und ganz nah an die Stars herankommen). Balljungen müssen schon in einem der großen Vereine in einer Jugendmannschaft spielen, denn die allermeisten Bundesligisten holen sich ihre Balljungen aus ihrer eigenen Nachwuchsabteilung.

Busfahrer: Mannschaftsbusse sind nicht einfach nur Omnibusse, wie wir sie aus dem öffentlichen Nahverkehr kennen oder von der letzten Urlaubsfahrt nach Österreich. Mannschaftsbusse im Profifußball ähneln von außen eher Raumschiffen, innen sind sie fahrende Luxushotels. Da hat jeder Spieler seinen eigenen Ledersitz, es gibt große Tische für diejenigen, die Karten spielen wollen, mindestens ein Videorekorder ist selbstverständlich, manche haben sogar Satellitenfernsehen. Der Busfahrer muss dafür sorgen, dass immer alles bereitsteht, wenn die Stars nach dem Spiel nach Hause gebracht werden, also das richtige Getränk, der richtige Film, die passende Musik. Der Bus ist den Spielern mindestens so heilig wie die Umkleidekabine, ein absoluter Privatbereich. Deshalb darf man sich den Bus seiner Lieblingsmannschaft höchstens mal am Tag der offenen Tür anschauen. Ansonsten gilt: Betreten verboten, meistens ist es nicht mal möglich, hineinzuschauen. Die Busse haben dunkel getönte Scheiben.

Da versteht es sich fast von selbst, dass Busfahrer Vertrauenspersonen sein müssen, denn im Bus passiert viel, was die Öffentlichkeit nicht wissen soll. Da wird gestritten und kritisiert, manchmal auch ausgelassen gefeiert oder geweint. Manche setzten sich beleidigt und ganz allein in die letzte Reihe und andere ganz nach vorne zum Trainer. Ein Trainer, Ernst Middendorp von Arminia Bielefeld, hat sogar mal vor Wut den Bus mitten auf einer Landstraße anhalten lassen und sich ein Taxi gerufen. Mit dem ist er dann mehr als 200 Kilometer nach Hause gefahren. Middendorp hatte sich so sehr über seine Mannschaft geärgert.

Das alles bekommt der Busfahrer mit und weil er so viel weiß, müssen die Spieler absolutes Vertrauen zu ihm haben können und sicher sein, dass er nichts der Presse erzählt. Busfahrer, die ihren Job gut machen, bleiben meistens jahrzehntelang in den Vereinen und werden kleine Berühmtheiten mit eigener Autogrammkarte (zum Beispiel Rudi Egerer vom FC Bayern München).

Aber der Job des Busfahrers ist nicht nur spannend, er hat auch seine Nachteile. Wenn eine deutsche Mannschaft zum Beispiel im Europacup in, sagen wir mal, Minsk spielt, dann fliegen die Spieler bequem mit dem Flugzeug dorthin. Der Busfahrer aber muss schon vorher auf dem Landweg nach Weißrussland kutschieren, nur damit er die Spieler am Flughafen wieder mit ihrem gewohnten Bus abholen und ins Hotel bringen kann.

> Meine Mannschaft ist 15- oder 16-mal ins Abseits gerannt. Das haben wir auch die ganze Woche geübt.
>
> MANFRED KRAFFT
> Trainer

Co-Trainer: Wer es etwas vornehmer mag, sagt Assistenztrainer zu ihm. Der ist mehr oder weniger wichtig in einem Verein, je nachdem, wie viel ihm sein Vorgesetzter, der Cheftrainer, zutraut. Heutzutage sind Co-Trainer zumindest in der Bundesliga richtig gute Trainer, die nicht nur Hütchen auf den Platz stellen und die Leibchen fürs Trainingsspiel verteilen, sondern für alle Bereiche der körperlichen Fitness fast allein verantwortlich sind. Der Cheftrainer kümmert sich dann hauptsächlich um die Taktik. Oft arbeiten Trainer und Co-Trainer so gut zusammen, dass sie nur gemeinsam einen Job annehmen. Die beiden nennt man dann „Trainergespann".

Dolmetscher: Die würde man in der Fußball-Bundesliga im ersten Moment nicht vermuten, aber es gibt sie inzwischen fast in jedem Klub als haupt- oder nebenberufliche Mitarbeiter. Der

Grund ist einfach: In der deutschen Bundesliga waren 1998 mehr als 30 Prozent aller Spieler Ausländer. Und das weiß schließlich jedes Kind: Wer gern Fußball spielt, lernt nicht unbedingt genauso gern Vokabeln.

Eisverkäufer: Es ist eine ziemlich lästige Aufgabe, sich in einem Fußballstadion mit einer riesigen Kiste Eis am Stil vor dem Bauch durch die engen Reihen zu drängeln. Außerdem kommen Eisverkäufer immer im falschen Moment vorbei: Ist das Spiel langweilig, sind sie weit und breit nicht zu sehen; und wenn es auf dem Rasen gerade richtig zur Sache geht, versperren sie einem garantiert die Sicht. (Dasselbe trifft übrigens auch auf Brezelverkäufer, Glühweinverkäufer und Zigarettenverkäufer zu.)

Hundeführer: Sie sind im Stadion überall im Innenbereich verteilt, um gleich einzugreifen, wenn auf den Tribünen etwas passiert oder Zuschauer in den Innenraum klettern wollen. Die Hunde sind in den allermeisten Fällen Schäferhunde, die aber allesamt Maulkörbe tragen. Die Hunde müssen gut ausgebildet sein, damit sie in einem so lauten Stadion nicht die Nerven verlieren. Bei langweiligen Spielen kann es ganz amüsant sein zuzuhören, wie sich die Hunde gegenseitig anbellen. Es ist auch schon vorgekommen, dass ein Spieler von einem Hund gebissen wurde, deshalb tragen die Hunde heute ja Maulkörbe. Manche Hunde, die sich noch nicht an den Rummel im Stadion gewöhnt haben, jagen auch tollkühn dem Ball nach. Der Schiedsrichter unterbricht dann das Spiel, damit der Hundeführer den Hund wieder einfangen kann. Ein berühmtes gebissenes Beispiel ist übrigens Friedel Rausch, heute Trainer. Als er noch Spieler war, biss ihn ein Schäferhund während eines Spiels einfach ins Hinterteil, und Rausch flüchtete durchs ganze Stadion.

Journalist: Sportjournalist ist ganz bestimmt ein Traumberuf, besonders, wenn man über Fußball schreiben darf. Viele Sportredakteure begleiten „ihre“ Vereine, die Klubs aus der Stadt, in der ihre Zeitung erscheint, viele Jahre lang. Sie erleben Auf- und Abstiege mit, berichten über Titelgewinne und Trainerwechsel. Man erfährt eine ganze Menge, so viel manchmal, dass nicht wenige Journalisten irgendwann ein Buch über ihren Verein schreiben könnten – und manche das sogar tun.

Vor allem die Familien von Sportjournalisten müssen aber ganz schön viel aushalten können. Denn Reporterinnen oder Reporter, ob sie nun schreiben, filmen, Interviews führen oder fotografieren, sind sehr viel unterwegs. So kann man wunderbar die Welt kennen lernen und aufregende Länder bereisen, die man nie sehen würde, wäre dort nicht gerade ein ganz wichtiges Fußballspiel. Manchmal sieht man auch arme Länder, die man ebenfalls nie bereisen würde, wäre dort kein Fußballspiel. Aber bei all den Reisen ist man halt wenig daheim, was fürs Familienleben manchmal ganz schön schwierig ist. (Sportreporter-Ehen werden häufiger geschieden – das ist statistisch erwiesen!)

Aber bei allem Stress, wenn es manchmal um jede Minute geht, damit der Bericht noch in die Zeitung von morgen kommt, ist Fußballreporter vor allem ein großer Spaß. Wie jeder Spaß daran hat, der sein Hobby zum Beruf machen kann, nicht zuletzt ja die Herren Fußballer selbst. Beides sind Traumberufe – mit dem kleinen Unterschied, dass die Kicker auf dem Rasen vielfach mehr Geld verdienen als die Beobachter auf der Tribüne.

Kartenabreißer: Das ist nicht gerade einer der spannendsten Jobs, den der Fußball kennt, aber auch nicht ganz so leicht, wie es auf den ersten Blick scheint: Eintrittskarte nehmen, durchreißen, nächste Karte, wieder durchreißen. Man reißt und reißt, als würde man zu Hause eine Rechnung in kleine Schnipsel verwandeln. Aber nein, so ist es nicht. Nicht alle Karten werden zum Beispiel an der gleichen Stelle abgerissen, manchen darf man nur eine Ecke abrupfen. Andere Vereine drucken Karten, die einen ganzen Streifen zum Abtrennen haben, der sogar vorgestanzt ist, damit es leichter geht. Dauerkarten müssen manchmal gar nicht abgerissen, sondern gelocht werden: Auf solchen Tickets sind alle

Spieltage aufgedruckt, die dann abgelocht werden. (Wenn nur noch Löcher um die Karte herum sind und sie einer Briefmarke ähnlicher sieht als einer Eintrittskarte, ist die Saison vorbei.)

Kartenabreißer wird es wahrscheinllich sehr bald gar nicht mehr geben. In den neuen Fußballstadien, die jetzt überall gebaut werden, wird es elektronische Eintrittskartensysteme geben, die so ähnlich funktionieren wie die Kasse am Supermarkt. Auf den Tickets werden dann Streifencodes aufgedruckt, die gleichen schwarzen Balken wie auf der Milchtüte oder der Puddingpackung. Im Stadion wird die Karte in ein Lesegerät geschoben und der Computer erkennt dann, ob man durch den richtigen Eingang gekommen ist. In der Amsterdam Arena, dem modernsten Stadion Europas, gibt es sogar schon Chipkarten mit Magnetstreifen – da wird gar nichts mehr gerissen, gelocht, gestempelt oder gerupft. Das ist zwar unpersönlicher, weil kein freundlicher Kartenabreißer mehr Guten Tag sagt, es kann aber auch einen entscheidenden Vorteil haben, vor allem für Sammler. Meistens nämlich reißt der Kartenabreißer ausgerechnet jenes Ticket, das man unbedingt als Erinnerung an ein ganz besonderes Spiel behalten wollte, so ungeschickt auseinander, dass nur noch wertlose Fetzen davon übrig bleiben.

Manager: In den Bundesligavereinen ist das manchmal ein wichtigerer Job als der des Trainers. Der Manager muss in schwierigen Verhandlungen dafür sorgen, dass der Klub genug Geld in der Kasse und gute Spieler in der Mannschaft hat. Manager fragen bei großen und kleinen Firmen nach, ob dort jemand bereit ist, mit dem Fußballklub Werbung zu machen. Dabei muss der Manager auch mal eine pfiffige Idee haben, denn schließlich wollen 36 Profiklubs in Deutschland an das Geld aus den Sponsorentöpfen. So sind schon die seltsamsten Ideen in den Köpfen von Managern entstanden. Zum Beispiel hat mal einer in Bielefeld vorgeschlagen das ganze Stadion, auch den Rasen, lila einzufärben, um für eine Schokolade zu werben. Und in Dortmund hat mal ein Manager zugestimmt, dass der Sponsor 40000 Tril-

Mächtiger Manager: Uli Hoeneß vom FC Bayern München gehört zu den bekanntesten und geschicktesten Managern der Branche.

lerpfeifen an die Zuschauer verteilt. Dem Schiedsrichter hat das überhaupt nicht gefallen, weil seine Pfeife, die wichtigste, gar nicht mehr zu hören war.

Am schwierigsten sind für die Fußballmanager aber inzwischen die Verhandlungen mit den Spielern geworden. Die haben nämlich selbst alle schon Manager, die versuchen, das Beste für ihre Klienten herauszuholen, also möglichst viel Geld. Manager, die schon länger im Geschäft sind, erinnern sich noch sehnsüchtig an frühere Zeiten. Da hätten sie sich mit dem Spieler eine halbe Nacht lang in einer Autobahnraststätte zusammengesetzt und verhandelt, wie auf dem Markt, und dabei Bockwurst und Gulaschsuppe gegessen. Heute kommen 18-, 19-jährige Spieler mit ihrem Anwalt oder Spielerberater ins Büro des Managers. Der Spielerberater sagt, wie viel der Spieler verdienen möchte. Wenn der Manager Nein sagt, ziehen Spieler und Berater halt zum nächsten Verein. Sie finden immer einen, der bezahlt, was sie wollen.

Weil vielen Managern das keinen Spaß mehr macht, haben sie sich andere Aufgaben im Verein gesucht. Sie machen zum Beispiel die Pressearbeit, reden also mit den Journalisten und erklären ihnen den lieben langen Tag, warum ausgerechnet ihr Verein bestimmt eine glorreiche Zukunft hat. In vielen Klubs kümmern sich die Manager auch darum, dass das Stadion ausgebaut oder sogar ein ganz neues gebaut wird. Deshalb findet man auf dem Posten des Managers immer häufiger nicht mehr ehemalige Fußballer, sondern Wirtschaftsexperten.

Platzwart: Je kleiner der Verein ist, umso mehr beschränkt sich der Job auf seinen Wortsinn: Der Platzwart wartet den Platz, kümmert sich um den Zustand des Rasens, weißelt die Linien mit seinem Kreidewagen, wässert das Gras und mäht die Wiese pünktlich zu den Spielen – wobei mähen maßlos untertrieben ist, wenn man bisweilen die komplizierten Muster im Rasen sieht. Schachbrette mähen die Rasenmäherkünstler da hinein oder Kreise, die genauso gut von jenen Außerirdischen gezogen sein könnten, die Sommer für Sommer die berühmten Kornkreise in die Getreidefelder zaubern …

In größeren Klubs indes ist der Platzwart weit mehr als ein Gärtner, er ist vielmehr mit einem ganzen Team von Mitarbeitern für den Zustand des gesamten Stadions verantwortlich. Er setzt auch die Hausordnung durch, passt also zum Beispiel auf, dass nicht jeder parkt, wo es ihm passt. Er muss außerdem sehr einfallsreich sein. In Berlin beispielsweise hat der Platzwart einmal zwei Hubschrauber angefordert, um den Rasen nach einem großen Regen pünktlich zum Spiel zu trocknen. Die Rotorblätter der einen Meter über dem Gras schwebenden Hubschrauber drückten tatsächlich das Wasser aus dem Boden, man konnte es richtig wegfliegen sehen. Erfolgreich war zunächst auch der Versuch, vereiste Torräume mittels eines Flammenwerfers aufzutauen. Dann allerdings gab der Berliner Platzwart Torf auf den feuchten Boden, was nur eine matschige Pampe, aber keinen bespielbaren Platz ergab.

Pokalputzerin: Kaum zu glauben, aber es gibt tatsächlich einen Verein, der sich eine eigene Pokalputzerin geleistet hat. Natürlich musste das ein Verein mit möglichst vielen Trophäen sein, die davor beschützt werden mussten anzulaufen oder Grünspan anzusetzen oder einfach zu verstauben. Schließlich strahlt im Glanz seiner Pokale der ganze Verein … Und es war, natürlich, der FC Bayern München, der die Pokalputzerin auf seiner Lohnliste hatte. Bis die Frau zu alt war um die vielen Pokale und Schalen in den Vitrinen an der Münchner Säbener Straße auf Hochglanz zu bringen.

Scout: Jeder Verein hat sie, und je mehr Scouts beschäftigt sind, umso größer ist die Chance, günstig an gute Spieler heranzukommen. Scouts sind Späher, die überall in Deutschland und im Ausland im Auftrag der Klubs Fußballspiele beobachten, von Jugendmannschaften genauso wie von Amateuren. Fällt ihnen dabei ein Spieler durch besondere Fähigkeiten auf, meldet er es dem Verein, der dann seinen Manager zum Verhandeln losschicken kann. Wenn dann später so ein günstig verpflichteter Amateurspieler für viele Millionen Mark den Verein wechselt, ist das oft auch das Verdienst des Scouts, der einst als Erster das Talent des Spielers erkannt hat.

Wäschefrau: Sie ist in vielen Vereinen die gute Seele. Manchmal ist die Wäschefrau sogar ein Wäschemann oder ein Wäscheehepaar, weil ein Mensch allein mit den ganzen schmutzigen Bergen von Trikots, Hosen und Stutzen gar nicht fertig werden könnte. Große Vereine haben eine richtige eigene Wäscherei irgendwo im Keller, wo auch die Klamotten der Jugendabteilungen gewaschen werden. In kleinen Vereinen waschen selbstverständlich die Mütter die Trikots ihrer Söhne.

4. Zwischen Streetsoccer und Stadion – Fußball und Kids

Die Kinderprofis
Warum große Vereine sogar 10-jährige Spieler verpflichten

Normalerweise spielen sich solche Sachen ja irgendwo anders ab, in einer geträumten Welt, vielleicht im Fernsehen oder höchstens in der Zeitung. Geschichten von Männern mit dunklen Sonnenbrillen und in Nadelstreifenanzügen, Aktenkoffer voller Geld unterm Arm, vielleicht noch aus einem anderen Land – und sie bieten eine Menge Geld für einen Teenager, um ihn zum Fußballprofi zu machen. Früher gab es mal eine Fernsehserie, die hieß *Manni, der Libero.* Manni wurde gespielt von Tommy Ohrner, der heute Fernsehshows moderiert, und Manni war ein talentierter Junge, der von einem großen Verein gelockt wurde.

Der Manni aus der Wirklichkeit heißt Moritz Volz. Eines Tages im März 1999 brachte der Briefträger die Post ins Haus der Familie Volz. Auf einem an Moritz adressierten Kuvert stand als Absender *Arsenal London.* Vater Volz öffnete den Brief und fand das Vertragsangebot für seinen Sohn. Da war sie plötzlich wahr geworden, die Geschichte, die man sonst nur aus dem Fernsehen kennt oder aus der Zeitung. Wenig später stand Moritz Volz selbst in der Zeitung, weil Arsenal London dem Jungen aus Siegen angeblich 36000 Mark im Monat bezahlen wollte. Moritz war erst seit ein paar Wochen 16.

Man ist an vieles gewöhnt im Fußball. Spieler verdienen fünf oder sechs Millionen Mark im Jahr, sie kosten 20 oder 30 Millionen Mark Ablösesumme oder 91 Millionen wie Vieri, Fernsehsender zahlen eine halbe Milliarde Mark, nur um Fußball übertragen zu dürfen. Aber das? 36000 Mark Monatsgehalt für einen 16-Jährigen? Ein „unmoralisches Angebot“ nannten das manche; und der FC Schalke 04, für den Moritz spielte, regte sich am lautesten auf. „Unmöglich, was die Engländer machen“, sagte zum Beispiel Schalkes B-Jugend-Trainer Manfred Dubski.

Viel ist über Moritz Volz geredet worden, wenige haben mit Moritz geredet. Es ist ja überhaupt nicht so gewesen, dass er gesagt hätte: „Hey, dort in London steht ein Sack voll Geld, den hole ich mir." Der Familie Volz geht es auch ohne das Geld aus dem Fußball gut, sie lebt in einem eigenen Haus in Siegen, Moritz' Vater Peter ist Doktor der Chemie. Über Geld haben sie bestimmt nicht geredet im Haus Volz, als die Familie zusammensaß und beriet, was der Sohn machen sollte. Hier bleiben? Weggehen? Es sind die ganz normalen Probleme, die jeder Jugendliche hat, der ins Ausland gehen will. Moritz Volz fragte sich, ob er die Trennung von zu Hause, von Freunden und Familie aushalten würde. Die Eltern fragten sich, ob er eine gute Schulausbildung bekäme in England. Erst als das alles sicher war – Moritz besucht eine deutsche Schule in London und lebt in einem Internat – entschied sich die Familie, den Sohn nach London gehen zu lassen. Als Vater Volz den Brief mit dem Vertrag geöffnet hatte und die Summe kannte, die sein Sohn verdienen sollte, sagte Moritz fast ängstlich: „Sag es nicht, ich will es gar nicht wissen."

Jungs in dem Alter bekommen ja normalerweise noch immer Taschengeld, sie betteln ihre Eltern um ein Mofa an und üben, wie man die erste richtige Freundin zu behandeln hat. Manche überlegen sich vielleicht, was sie mal werden wollen, ob sie eine Lehre machen werden oder das Abitur und dann ein Studium. Jungs wie Moritz haben natürlich ein riesiges Glück besser Fußball spielen zu können als ihre gleichaltrigen Freunde. Aber manchmal verliert man dadurch auch die Chance von Mofas träumen zu dürfen, von der Freundin und von höherem Taschengeld.

Talentierte Jungs wie Moritz sind nämlich begehrte Objekte in der Fußball-Welt der Erwachsenen. Wenn Arsenal London dem Boy aus Germany auch die große Chance bietet sein Hobby zum Beruf zu machen, macht man ihn aber auch zum Gegenstand eines Geschäfts.

Denn natürlich ist der Verein aus der englischen Hauptstadt daran interessiert aus dem unfertigen Moritz, einem „Rohdiamanten", wie sie in Schalke gesagt haben, einen richtigen Profi zu machen. 450 000 Mark musste Arsenal an den FC Schalke 04 bezahlen, das ist wenig Geld, wenn aus Moritz mal einer wird. Vor drei Jahren hat Arsenal London den damals 17-jährigen Nicolas Anelka aus Paris geholt, für eine Million Mark. Nicolas verdiente in London 400 000 Mark im Jahr. Drei Jahre später, längst schon französischer Nationalspieler, wechselte er nach Spanien zu Real Madrid – und Arsenal bekam 60 Millionen Mark dafür! (Die 60 Mio. holte sich Real aber wieder, als Anelka im Jahr 2000 nach Paris zurückkehrte.)

> Ein Drittel? Nee, ich will mindestens ein Viertel!
> HORST SZYMANIAK

Für so viel Geld macht man schon einmal ungewöhnliche Sachen. Der Trainer von Arsenal, der fast so heißt wie sein Verein, nämlich Arsene Wenger, ist berühmt für solche Sachen. Wenger ist ein erfahrener Mann, er hat schon den AS Monaco trainiert und in Japan gearbeitet. Aber er war sich nicht dafür zu schade, eine Reise von London nach Deutschland zu machen, um sich ein Spiel des ESV Rangierbahnhof Nürnberg in der Landesliga anzuschauen. Das ist ungefähr so, als würde Arnold Schwarzenegger in einer oberbayerischen Realschule auftauchen und bei der Theateraufführung in der Aula Beifall klatschen. Aber Wenger liebt so etwas, er hat tatsächlich damals auch einen Spieler vom ESV Rangierbahnhof (gibt es wirklich!) mit nach England genommen. Und wer so etwas macht, der kann auch mal einen 16-Jährigen verpflichten.

Die Chancen, schon ganz jung zu einem großen Verein wechseln zu können, werden eben immer größer. Das liegt daran, dass erwachsene Spieler, von denen jeder schon weiß, was sie können, immer teurer werden. Bei jungen Spielern gehen die Vereine ein kleines Risiko ein: „Niemand weiß bei einem 15-Jährigen, in welche Richtung die Entwicklung geht", sagt zum Beispiel Bernd Stöber, der die deutsche U-15-Nationalmannschaft trainiert. In der hat auch Moritz Volz gespielt, er war der Kapitän. Mit 15 oder 16 machen die meisten Jungs nichts lieber als Fußball zu spielen, auch diejenigen, die es viel schlechter können als Moritz Volz oder Nicolas Anelka. Aber plötzlich wird Basketball interessanter, die Freundin, die Disko, das Mofa. „Normale" Jungs haben die Freiheit, sich für oder gegen Fußball zu entscheiden, die superjungen Kinderprofis aber schließen Verträge – und das Fußballspielen wird zur Pflicht. Trainer Bernd Stöber findet, 16 sei ein Alter, „da sollte man nicht alles auf die Karte Fußball setzen".

Manche warten nicht einmal, bis sie 16 sind. In Italien hat der AC Turin, der kleinere, ärmere Klub hinter dem großen, reichen Verein Juventus Turin, sogar schon einen 10-Jährigen gekauft. 100 000 Mark zahlten die Turiner einem Klub aus Neapel dafür, dass der kleine Junge aus dem armen Süden Italiens in den reichen Norden kam. Und die Trainer waren total begeistert, weil der Kleine schon jetzt am Ball Dinge könne, die darauf schließen lassen, dass er mal besser werden wird als Diego Maradona. Allerdings hatte der Pimpf irgendwann Heimweh und die Turiner mussten ihn für ein paar Monate wieder nach Hause schicken, zu Mama nach Neapel.

Übrigens: Manni aus dem Film *Manni der Libero* wurde auch nicht richtig glücklich …

Als Schüler ins Internat – als Profi in die Bundesliga
Interview mit einem Nachwuchsförderer

Wolf Werner war einmal Bundesligatrainer bei Borussia Mönchengladbach, coachte die Amateure sowie die Jugend von Bayern München und war Trainer in der Regionalliga Nord beim SV Wilhemshaven. Er kennt den Fußball also ganz oben und ganz unten. Optimale Voraussetzungen um im Nachwuchsbereich zu arbeiten. Das tut Wolf Werner beim SV Werder Bremen. Dort koordiniert er den gesamten Jugendbereich und leitet gemeinsam mit seiner Frau das vereinseigene Fußball-Internat. Da hat früher schon Dieter Eilts gewohnt, ehe er Bundesligaspieler und Europameister wurde. Wolf Werner haben wir gefragt, wie begeisterte junge Fußballer, die Bundesligaspieler werden wollen, ihrem Traum ein bisschen näher kommen können und wie es um die deutschen Talente überhaupt bestellt ist.

Frage: Herr Werner, wie schwer ist es, Fußballprofi zu werden?
Werner: Wenn man Talent besitzt, um Hochleistungssport in Sachen Fußball zu betreiben, dann ist es heute eigentlich leicht, Fußballprofi zu werden.

Frage: Aber überall im Fußball wird geklagt, dass es keine Talente mehr gibt.
Werner: Der Meinung sind tatsächlich alle, aber ich glaube, dass wir genügend Talente haben. Nur ist in Deutschland das Freizeitverhalten anders geworden. Unseren Kindern und Jugendlichen geht es wesentlich besser als den Kindern und Jugendlichen in anderen vergleichbaren Ländern …

Frage: … zum Glück …
Werner: … ja, aber viele sind von der Motivation und vom Willen her nicht mehr bereit sich im Hochleistungssport so zu engagieren und zu quälen, wie das erforderlich ist.

Frage: Aber auch diejenigen, die das wollen, findet man in der Bundesliga kaum. Warum nehmen die Vereine nicht mehr junge Spieler aus ihren Nachwuchsmannschaften?
Werner: Wenige Klubs geben den Jungs die Chance sich in der Liga zu etablieren, weil sie zwar hoch talentiert sind, aber doch mehr Fehler machen als ein mittelmäßiger, schon abgezockter, älterer Profi aus irgendeinem anderen Land. Dem unterlaufen natürlich weniger Fehler, aber der hat auch weniger Möglichkeiten.

Frage: Bei schwächeren Vereinen, wo jeder Fehler den Abstieg bringen kann, könnte man das ja verstehen. Aber warum machen die großen Klubs es genauso?

BURKH

Werner: Der Leistungsdruck ist bei allen gleich. Dortmund ist mit der A-Jugend fünfmal deutscher Meister geworden. Sehen Sie einen Spieler aus diesen Mannschaften in der Bundesliga? Nur Lars Ricken, sonst weit und breit keinen. Aber ich habe gelesen, dass Dortmund 50 Millionen Mark für neue Spieler ausgegeben haben soll. Die Sorge um den Erfolg ist überall da. Wenn ein Trainer drei Spiele verliert, steht er schon auf der Kippe. Also verlassen sich viele lieber auf ältere als auf jüngere Spieler. Und das zweite Problem ist, dass hier in Deutschland, beim Deutschen Fußball-Bund, etwas mit dem System nicht in Ordnung ist. Ich meine, wir müssen mehr Leistungsdichte schaffen. Mit Werders A-Jugend haben wir hier im Norden vielleicht vier Spiele pro Halbserie, in denen sich die Jungs ein bisschen Mühe geben müssen. Deshalb haben wir vorgeschlagen, eine U-20- oder U-23-Bundesliga einzuführen. Aber das ist abgelehnt worden. Bayern München zum Beispiel will seine jungen Spieler lieber an andere Vereine ausleihen, weil die bei den Bayern in der Bundesliga keine Chance haben. Und Leverkusen träumt lieber davon eine zweite Profimannschaft in der Zweiten Bundesliga zu haben.

> Wir alle waren vorher überzeugt davon, dass wir das Spiel gewinnen können. So war auch das Auftreten meiner Mannschaft, zumindest in den ersten zweieinhalb Minuten.
>
> PETER NEURURER
> Trainer

Frage: Was bisher aber nicht erlaubt ist. Die zweite Mannschaft eines Bundesligaklubs darf höchstens in der Regionalliga spielen.
Werner: Genau. Aber wir denken, dass wir im Bereich der U 18 bis U 23 mehr Anforderungen schaffen müssen.

Frage: Läuft es in anderen Ländern denn anders?
Werner: Ja, die Nationen rund um Deutschland sind weiter, weil

sie einen anderen Leistungsfußball betreiben. In Dänemark zum Beispiel hat der Verband eine U-16- und U-18-Liga gegründet und bezahlt den Spielbetrieb. Da fährt dann von Arhuis nach Kopenhagen ein Bus mit A- und B-Jugend gemeinsam, die Kosten für den Bus übernimmt der Verband. In Holland und Italien gibt es Nachwuchsligen. Da haben wir unsere großen Defizite. Der Deutsche Fußball-Bund, einer der reichsten Verbände der Welt, tut noch zu wenig. Wir fördern zu oft den Durchschnitt, nicht nur im Sport. Es gibt in unseren Schulen ja auch keine einzige Förderstufe für begabte Schüler, aber tausend Förderstufen für schwächere Schüler. Wenn man im Sport Leistung haben will, muss man auch Leistung fördern. Das geht nur über stärkere Ligen.

Frage: Klingt ja nicht so hoffnungsvoll. Wie kann man denn als Jugendlicher, der irgendwo Fußball spielt, überhaupt zu einem großen Verein wie Werder Bremen kommen? Wie findet der SV Werder seine Jugendlichen?
Werner: Wir suchen sie. Wir gucken schon in der E-Jugend ein bisschen, allerdings nur in Bremen. In der D-Jugend schauen wir schon etwas gezielter, auch im Umland von Bremen. Ab der C-Jugend gibt es beim SVW den Leistungsbereich mit hauptamtlichen Trainern.

Frage: Was fällt einem Beobachter denn an einem E- oder D-Jugendlichen auf?
Werner: Bei den E- und D-Jugendlichen geht es um ihre spielerische Substanz. Also die Spielfreude, die Technik, einfach alles. Das ist Fußball zum Verlieben, was man da sieht. Da wird noch Fußball „frei Schnauze" gespielt – wenn nicht der eine oder andere Trainer manchmal zu viel persönlichen Ehrgeiz entwickelt. Aber man kann sich noch begeistern, mit welcher Liebe diese Jungs Fußball spielen. Und da kann man auch so ein bisschen empfinden, wie sich der eine oder andere entwickeln könnte.

Frage: Sie sagen, sie holen die kleinen Jungen aus der eigenen Stadt oder dem Umland. Aber Werder hat doch auch ein Internat. Warum wohnen die dann nicht da?
Werner: In diesem Alter können wir die Kinder gar nicht richtig betreuen. Wir sind der Meinung, dass wir solche Jungen nicht einfach von irgendwo her in ein Leistungsprinzip verpflanzen können.

Frage: Wie alt müssen die Jungs denn sein, um ins Internat zu dürfen?
Werner: Bei uns sind die in der Regel 15 Jahre alt. Wir hatten auch schon mal einen 14-Jährigen dabei, aber das war eine Ausnahme. Normalerweise holen wir Spieler für den jüngeren Jahrgang B-Jugend.

Frage: Wie funktioniert das eigentlich, aus einem kleinen Verein zu einem Bundesligaklub wie Werder zu kommen?
Werner: Wir können ja mal ein wahres Beispiel nehmen, Sebastian. Unser B-Jugend-Trainer Frank Neubarth hat letztes Jahr diesen jungen Mann entdeckt, in der Nähe von Osnabrück, auf dem Land. Ich glaube, der Verein hat gerade so 500 Mitglieder, spielt in einer ganz kleinen Liga. Wir haben ihn beobachtet, dann hat er sich hier vorgestellt zum Probetraining und ist auch verpflichtet worden. Sebastian wohnt jetzt im Internat.

Frage: Wie sind Sie auf Sebastian aufmerksam geworden? Sie können sich ja nicht alle Spiele aus allen Ligen anschauen, das würde ja ewig dauern.
Werner: Wir kriegen natürlich Tipps. Wir kriegen sogar jede Menge Tipps. Den meisten gehen wir auch nach, Werder hat einen hauptamtlichen Talentsichter. Hinweisen aus unserer näheren Umgebung gehen wir immer nach, aber wir bekommen auch Tipps aus ganz Deutschland. Die kann man nicht alle verfolgen. Wir haben aber Informanten, die wir mal anrufen können, um sie zu einem Spiel oder einem Spieler zu schicken. Wir

wollen darauf reagieren, wenn sich jemand meldet, weil die Jungs ja auch Träume haben.

Frage: Dann kommt also jemand und beobachtet mich. Wie geht es weiter?
Werner: Wenn der Beobachter uns sagt, der Leistungsbereich des Spielers ist so, dass er für uns interessant ist, wird er zum Probetraining eingeladen.

Wenn wir ihn einladen, übernehmen wir auch die Kosten. Kommt jemand von sich aus einfach so zum Training, muss er seine Kosten selbst tragen. Sonst müssten wir unser ganzes Geld dafür ausgeben, Probetrainings zu bezahlen.

Frage: Wie lange dauert so ein Probetraining?
Werner: Also Sebastian, der Junge aus unserem Beispiel von eben, hat ungefähr zwei Monate immer wieder mittrainiert, wenn er es mit der Schule vereinbaren konnte. Der Junge wollte sich immer wieder zeigen. Als schon feststand, dass er zu uns wechselt, ist er trotzdem noch gekommen. Das war dann schon kein Probetraining mehr, sondern Integrationstraining. Als Gastspieler hat er ein internationales Turnier für Werder gespielt. Das hat ihm geholfen, sich bei uns zurechtzufinden.

Frage: Wie viele Jugendfußballer wohnen im Internat bei Werder?
Werner: Momentan haben wir 15 Spieler und vier Junioren.

Frage: Ein Internat ist ja nicht unbedingt eine Traumvorstellung. Manchmal sagen Eltern, wenn ihre Kinder schlecht in der Schule sind: Wir stecken dich ins Internat! Wie muss man sich ein Fußballinternat vorstellen?
Werner: Also, erst mal ist der Begriff „Internat“ in der Bundesliga vollkommen fehl am Platz. Weil es kein Internat ist. Es ist eigentlich ein Leistungszentrum, ein Fußballleistungszentrum, wo Spieler, die von weiter her kommen, eine Schlaf-, Wohn- und

Betreuungsmöglichkeit haben. Aber alle gehen an die herkömmlichen Schulen rund um die Stadt …

Frage: … während ein „richtiges" Internat seine eigene Schule hat …
Werner: Ja, genau. Das hat bei uns weniger mit einem klassischen Internat zu tun.

Frage: Das ist ja traumhaft! Den ganzen Tag Fußball spielen – und die Schule ist egal?
Werner: Also, wenn wir so einen Jungen holen, setzen wir uns vorher auch mit seinen Eltern zusammen und sprechen mit ihnen durch, was sie für Vorstellungen in schulischer Hinsicht haben. Wir haben einen sehr guten Draht zu unserem Schulrat, der für Sport zuständig ist. Wir besprechen die schulischen Möglichkeiten gemeinsam mit den Jungs, dann entscheiden wir alle gemeinsam, welcher Internatler zu welcher Schule gehen soll. Wir haben drei verschiedene Schulen hier, die auch entsprechend Rücksicht nehmen können auf Einberufung in die Jugend-Nationalmannschaft und sonstige Auswahlmaßnahmen, die mit der Verbindung zum Fußball zu tun haben.

Frage: Haben Sie schon erlebt, dass Kinder nicht kommen wollten, obwohl Werder sie gerne ins Internat aufgenommen hätte?
Werner: Das haben wir schon erlebt. Und weil wir ja auch nicht die Einzigen sind, die Talente suchen, ist es auch schon vorgekommen, dass andere Vereine die Spieler für sich gewinnen konnten. Dann geht es da auch schon manchmal um die Mark: Manche Eltern und Jugendliche entscheiden sich fürs Geld. Damit haben wir aber keinerlei Probleme, wenn einer sagt, ich gehe zu einem anderen Verein. Momentan können wir unser System des Taschengeldes noch beibehalten.

Frage: Also werden die 15-Jährigen nicht gleich reich, wenn sie zu Werder wechseln?

Werner: Sie bekommen hier freie Unterkunft und Verpflegung. Und ein altersgemäßes Taschengeld.

Frage: Das interessiert uns. Wie viel Taschengeld?
Werner: Eigentlich reden wir bei Werder nicht über Geld, aber das kann man wohl sagen: In der A-Jugend gibt es gestaffelt 200 bis 400 Mark pro Monat, in der B-Jugend 200 Mark.

Frage: Gibt es Prämien für Erfolge in den Punktspielen oder für Titelgewinne?
Werner: Nein, wir bezahlen keine. Aber ich weiß, dass manche Vereine auch schon Prämien zahlen.

> Wenn man ein 0:2 kassiert, dann ist ein 1:1 nicht mehr möglich.
>
> ALEKSANDER RISTIC
> Trainer

Frage: Und manchmal werden ja sogar 16-Jährige schon für viel Geld gehandelt. Moritz Volz, der in unserem Buch auch vorkommt, ist von Schalke zu Arsenal gegangen, angeblich verdient er dort 36000 Mark im Monat. Was halten Sie davon?
Werner: Die Engländer sind in dieser Richtung sowieso nicht ganz normal, das muss man mal sagen. Wie die Engländer handeln, rücksichtslos und alles nur auf den Erfolg bezogen, das ist in Deutschland – Gott sei Dank – noch nicht so schlimm. Wir verstehen uns untereinander immer noch prächtig, die meisten Nachwuchsorganisatoren und -trainer kennen sich ja persönlich ganz gut. Und hier versucht selten einer, dem anderen einen Spieler abzuwerben. Es kommt zwar immer mal wieder vor, dass einer von sich aus wechseln will, aber grundsätzlich läuft das hier ganz gut. Die Engländer aber haben auch in Australien bei Junioren-Lehrgängen für viel Unruhe gesorgt, weil sie die besten Jugendlichen nach England holen ohne das groß mit dem australischen Verband abzusprechen. Wir haben auch zwei Austra-

lier bei uns, haben aber mit dem Verband die Vereinbarung getroffen, dass die zweimal im Jahr auf unsere Kosten zu Länderspielen anreisen können. Wir wollen ja mit den anderen auskommen, wir wollen sie nicht ausnutzen.

Frage: Und bei Wechseln innerhalb Deutschlands wird auch kein Geld gezahlt für Jugendliche?
Werner: Wir zahlen Ausbildungsentschädigungen an die Vereine, wenn sie im Rahmen liegen. So machen wir das generell, auch bei Bremer Klubs. Früher gab es sehr viel Krach, heute leben wir ganz gut miteinander.

Frage: Wenn Sie jetzt 15 Jungs im Internat haben – was glauben Sie, wie viele von denen spielen in fünf Jahren als Profis?
Werner: Von den Jungs jetzt? Insgesamt erwarte ich mindestens fünf Spieler in fünf Jahren in der Bundesliga. Wir haben Glücksgriffe gemacht. Ich war ja schon überrascht, dass wir die überhaupt bekommen haben, weil auch andere Vereine die Spieler umworben haben, die mehr finanzielle Möglichkeiten haben.

Frage: Wir haben gehört, die Internatszimmer sind im Stadion. Wie sieht das aus?
Werner: Ja, das Internat ist in der neuen Ostkurve im Weserstadion untergebracht. Wir haben oben im Flur Fenster zum Stadion raus. Wenn die Jungs also ihre Zimmer verlassen und rausgucken, sehen sie immer, wo sie hinwollen. Zur anderen Seite hin schaut man auf die Trainingsplätze. Insgesamt vielleicht ein bisschen viel Rasen …

Frage: Nun gibt es im nächsten Jahr die Verpflichtung für alle Vereine, so etwas Ähnliches wie ein Internat einzurichten. Wie soll das aussehen?

Werner: Der Deutsche Fußball-Bund will den Vereinen die Lizenz für die Bundesliga nur noch dann geben, wenn sie ein Leistungszentrum haben. Das wird zunächst abgestuft nach den

Königliche Freude: Die Queen persönlich überreichte 1996 nach dem EM-Gewinn der deutschen Mannschaft den Siegerpokal. Für Jürgen Klinsmann war es der letzte große Titel seiner Karriere.

Kategorien A, B und C. Bei C sind die Grundvoraussetzungen geschaffen, bei A sind dann die optimalen Bedingungen hergestellt.

Frage: Wo wird Werder eingestuft, was hat der Verein zu bieten?
Werner: Wir erfüllen die höchste Kategorie. Das Schwierigste ist ja, die Eltern erst einmal hierher zu kriegen. Wenn sie dann da sind und die Möglichkeiten sehen, dann haben wir schon relativ viel gewonnen. Wir haben allein sechs Rasenplätze zur Verfügung, einen beleuchteten Kunstrasen, zwei beleuchtete Aschenplätze, einen Rasenplatz mit Flutlicht zum Training. Und zwei kleine Stadien für unsere Jugendlichen.

Frage: Das kostet sicher eine Menge Geld. Nicht alle Vereine werden sich das leisten können.
Werner: Das ist ja das Problem: Im Jugendbereich sparen fast

alle Klubs. Manche Manager würden das Geld lieber für noch einen Profispieler ausgeben. Natürlich ist ein Internat teuer, man braucht ja eine soziale Betreuung. Mit 15 ist man ja kein großer Jugendlicher, da ist man gerade im Werden. Die Jungs müssen noch geführt werden, denen muss manches gezeigt werden. Und man muss ihnen sagen, dass sie zwar jetzt für Fußball leben, aber auch in der Schule Leistung bringen müssen, um hier akzeptiert zu werden. Der Ehrgeiz muss zwischen Schule und Fußball mindestens gleichwertig sein.

Frage: Was passiert eigentlich, wenn man es im Fußball nicht in die erste Mannschaft schafft? Fliegt man dann von der Schule?
Werner: Wir versprechen den Eltern, dass die Kinder ihre Ausbildung hier beenden können, auch wenn sie sportlich unter Umständen zurückfallen. Die bekommen die Gewissheit, dass sie nicht nach Hause geschickt werden, wenn sie plötzlich nicht mehr in der Leistungsmannschaft spielen würden. Und wir haben das auch schon öfter praktiziert, es ist nicht bloß dahergesagt.

Frage: Wer kontrolliert die schulischen Leistungen?
Werner: Meine Frau, die das Internat leitet, ist Sozialpädagogin. Sie hat ständigen Kontakt zu den Klassenlehrern und in der Oberstufe zu den Tutoren, sodass die Jungs uns nicht so schnell entwischen. Obwohl das immer mal wieder passiert. Es ist schon mal vorgekommen, dass einer plötzlich fünf Fünfen im Halbjahreszeugnis hatte. Der hatte uns vorher die Noten gezeigt, die er gerne geschrieben hätte – und nicht die, die er geschrieben hat. Der Klassenlehrer hat uns nicht rechtzeitig informiert. Die Zusammenarbeit mit den Schulen ist aber sonst hervorragend.

Frage: Sie waren ja auch schon mal Bundesligatrainer. Was macht eigentlich mehr Spaß, die Arbeit mit Profis oder mit Jugendlichen?
Werner: Die Arbeit mit den Profis ist viel einfacher, weil man

denen als Trainer vorschreiben kann, was zu tun ist. Mit den Jugendlichen ist viel schwieriger umzugehen, weil die Jugend von heute ganz andere Grundsätze hat als die Jugend, in der ich groß geworden bin. Da kann man nicht einfach diktatorisch etwas mitteilen, die muss man überzeugen und sich mit ihr auseinander setzen. Die Jungs heute haben ja die tollsten Einfälle und Vorstellungen und trauen sich auch, das auszusprechen. Wir haben uns früher lieber einiges verkniffen. Heute ist das natürlich wesentlich anstrengender.

Frage: Sie haben Ihre Wohnung ebenfalls im Stadion, gleich beim Internat. Den ganzen Tag die Schüler, den ganzen Tag Fußball. Nervt das nicht?
Werner: Ein Problem ist natürlich, den Jungs zu vermitteln, dass diejenigen, die für die Betreuung verantwortlich sind, auch ein gewisses Privatleben haben. Manchmal kommt einer auch noch um halb zwölf nachts wegen einer Kleinigkeit an. Wenn es große Probleme sind, kann er auch nachts um drei kommen, kein Thema. Es gibt aber auch Jugendliche, die meinen, sie kommen bei uns an der Tür vorbei und müssen einfach mal klingeln. Das ist dann sehr nervenaufreibend.

Frage: Spielen in der Bundesliga eigentlich Profis, die schon im Internat gewohnt haben?
Werner: Ja, Razundara Tjikuzu, unser Namibianer, und Christoph Dabrowski. Und der Urvater des Internats ist natürlich Dieter Eilts. Andree Wiedener hat auch da gewohnt. Es hat schon mehrere gegeben.

Frage: Deutschland bewirbt sich um die Weltmeisterschaft 2006. Wenn man jetzt 13, 14 Jahre alt ist und davon träumt, bei der WM vor der Haustür als Spieler dabei zu sein – glauben Sie, das ist zu schaffen?
Werner: Ja! Ich glaube, dass auch wieder ein neuer Trend da ist. Sebastian Deisler von Hertha zum Beispiel zeigt ja, dass die

Talente wohl doch nicht alle verschwunden sind und nicht alle Golf oder Tennis spielen. Das macht Mut für diejenigen, die hintendran sind. Einen Grundsatz muss sich allerdings jeder hinter die Ohren schreiben: Oft ist es besser, 80 Prozent Willen und 20 Prozent Talent zu haben als umgekehrt. Ohne Willen geht nichts. Man muss sehr, sehr hart arbeiten und auf vieles verzichten. Das verstehen viele erst, wenn sie im Internat sind.

Auf Beton statt Rasen
Mit Streetsoccer kann man es sogar in die Bundesliga schaffen

In der Bundesliga gibt es einen Spieler, den nennen sie den Professor. Weil er immer so geschliffen redet, wenn er etwas gefragt wird. Das ist Olaf Thon.

Früher nannte man Olaf Thon anders. Franz Beckenbauer hat mal über den heutigen Libero des FC Schalke 04 gesagt: „Olaf ist der letzte Straßenfußballer, den wir haben." Was klingt wie eine Beleidigung, war natürlich ein Kompliment. Straßenfußballer ist so etwas wie ein Gütesiegel.

Es gibt ja immer weniger Möglichkeiten für Kinder auf der Straße Fußball zu spielen. Einfach eine leere Coladose zum Ball zu ernennen, zwei Schulranzen zu Torpfosten zu erklären und draufloszukicken. Dabei lernt man auf der Straße so vieles: Man lernt sich zu behaupten gegen die anderen, die vielleicht einen Kopf größer sind. Und man lernt diese blöde kleine Coladose oder den alten Plastikball geschickt am Fuß zu halten. Viele brasilianische Fußballer sind deshalb so gut, weil sie sich ihre Technik mit einem Stoffball auf einem staubigen Ascheplatz oder im tiefen weißen Sand beigebracht haben. Wer unter solchen Bedingungen den Ball kontrollieren kann, für den ist das Spiel auf einem gepflegten satten grünen Rasen dann ein reines Vergnügen.

Weil es aber keine Straßenfußballer mehr gibt, was vor allem daran liegt, dass die Straßen den Autos gehören und nicht mehr den Menschen, musste man sich etwas anderes ausdenken. Es ist ja längst nicht mehr so, dass jeder Junge automatisch Fußball spielt. Basketball ist eine jener Sportarten, die den Kickern den Rang ablaufen. Für Basketball braucht man viel weniger Spieler und nur zwei Körbe. Und überall entstanden plötzlich Streetball-Plätze. Dort kann man mitten in den Städten auf ziemlich kleinem Raum ziemlich großen Spaß haben.

Also musste sich der Fußball was ausdenken. Und diejenigen, die am schnellsten denken, sind meistens die Sportartikel-Hersteller aus der Industrie. Die wollen Bälle verkaufen und Trikots und neue, hippe Klamotten. Und so erdachten die großen Sportartikel-Hersteller ein neues Spiel: Streetsoccer. Straßenfußball.

> Erstes Ziel ist es, die größten Flaschen zu verkaufen. Gibt es noch Pfand dafür, super. Gibt es nichts, auch gut.
>
> KARL-HEINZ THIELEN
>
> Ex-Vizepräsident 1. FC Köln

Schon gibt es in jedem Sommer in jeder großen Stadt Streetsoccer-Turniere. Sie lassen sich prima mit Werbung verbinden. In München zum Beispiel finden die Spiele meistens auf dem riesengroßen, betonierten Parkplatz eines Einkaufszentrums statt. (Wie viele Rasen-Fußballplätze man da säen könnte!) Streetsoccer ist eine feine, kleine Sache, die Tore sind nur vier Meter breit und 1,30 Meter hoch und man muss schon wissen, wie man richtig schießt, um das kleine Ding zu treffen. Das Spielfeld ist auch nur 20 Meter lang und 14 Meter breit, weshalb man nicht ewig lang mit dem Ball rennen kann (oder muss), sondern ihn schnell zu einem Mitspieler zu passen hat. Auch das schult die Technik, das so genannte Kurzpassspiel, das alle guten Nationalmannschaften auf dem großen Feld beherrschen. Die Holländer zum Beispiel sind grandiose Kurzpassspieler. Tack, tack, tack rollt da der Ball von einem Fuß zum anderen. Das kann man beim Streetsoccer lernen, auch weil Banden das Spielfeld begrenzen, mit denen man Doppelpass spielen kann. Streetsoccer ist überhaupt viel schneller als der „richtige" Fußball, es gibt weniger Unterbrechungen und beinahe keine Fouls. Nur aufgeschürfte Knie, weil man ja auf Beton spielt.

Bei den Streetsoccer-Turnieren läuft während der Spiele sogar coole Musik. Und die Klamotten, die die Spieler tragen, sind nicht irgendwelche langweiligen altrosa Trikots, sondern ein fetziges Outfit, das eher an Snowboarden erinnert als an Fußball. Jungs und Mädchen können in einem Team zusammenspielen. Man braucht auch nur fünf Leute für eine Mannschaft und die darf sich einen witzigen Namen geben, zum Beispiel „Die Pitbulls" oder „Die fantastischen Fünf".

Noch ist Streetsoccer eine ziemlich neue Sache, aber schon haben bei manchen Turnieren Kids so gut gespielt, dass sie jetzt in der Jugendmannschaft eines Bundesligavereins mitmachen dürfen. Ein Manager von einem Schuh- und Ballhersteller sagte nämlich: „Was wir fördern wollen, sind die Spieler mit einem guten Auge, mit technischem Können, ohne immer selbst im Vordergrund zu stehen." Solche Spieler wollen die Vereine natürlich, deshalb halten sie Streetsoccer für eine gute Sache. Der Turnier-Manager erzählte weiter, dass bei den Veranstaltungen seiner Firma, die jeden Sommer in ganz Deutschland stattfinden, immer zwei Talente des Tages gesucht werden. Die dürfen dann in Jugendmannschaften von Bundesligavereinen zur Probe mittrainieren. Schon 500 Spieler sind auf diese Art bei Bundesligaklubs untergekommen. Und wer weiß: Vielleicht wird 2006 ein Spieler ein Tor bei der Weltmeisterschaft schießen, der acht Jahre vorher noch auf einem Parkplatz in der Mannschaft vom „1. FC Größenwahn", von „Ballermann 5" oder den „Kloreichen Fünf" Streetsoccer gespielt hat. Olaf Thon, der letzte Straßenfußballer, hat schließlich auch bei einer Weltmeisterschaft mitgespielt.

Fußball von der Stange
Träumereien am Kickertisch

Vielleicht ist es ganz sinnvoll sich dem großen Fußball auch einmal in seiner kleinsten Form zu nähern. Fußball ist ja längst ein Sport, in dem es um eine Menge Geld geht, aber nur ganz wenige können die ganz großen Titel gewinnen, können Weltmeister werden, Europameister oder Deutscher Meister. Aber weil Fußball auch ein Spiel ist, für das sich fast jeder interessiert, haben viele schlaue Köpfe darüber nachgedacht, was man noch so alles aus diesem einfachen Prinzip machen kann. Ein Ball, zwei Tore, ein paar Männchen – das geht auch ein paar Nummern kleiner als in einem großen Stadion.

Zum Beispiel so: Die Männchen sind aus Metall, der Ball ist sechseckig und der Rasen nur ein kleiner Stofflappen, der auf den Küchentisch passt. Rechts und links ein Plastiktor drauf, fertig ist das Tippkick-Spiel. Diese Form des Fußballs hat den Vorteil, dass die Spieler einen kleinen Knopf auf dem Kopf haben und garantiert mit dem rechten Fuß schießen, wenn jemand auf diesen Knopf drückt. So einen Zauberknopf würde man sich manchmal auch bei den echten Fußballern wünschen! Wäre doch wunderbar, wenn Oliver Bierhoff vor dem Tor stünde, eine Flanke flöge von der rechten Seite herein, genau vor Bierhoff, und dann – klick! – drückt man den Knopf auf seinem Kopf und Herr Bierhoff haut den Ball mit einem sauberen Schwung seines rechten Beines in die Maschen. (In Wirklichkeit versucht er vielleicht erst den Ball umständlich zu stoppen, und bis er ihn sich zurecht gelegt hat, ist längst schon der gegnerische Abwehrspieler da.)

Für Trainer wäre es auch ganz angenehm, wenn das wirkliche Fußballspiel so einfach wäre wie seine kleinen, künstlichen Formen aus Plastik und Metall – oder wie die Spiele für den Computer oder die Spielkonsole, die inzwischen so ausgereift sind, dass das Bild auf dem Monitor aussieht wie eine Liveübertragung eines richtigen Spiels im Fernsehen. Nur, dass die Spieler auf den Tastendruck am Joystick reagieren, und wenn man mit drei Fingern vier Knöpfe gleichzeitig drücken kann, machen sie einen Fallrückzieher oder einen Scherenschlag oder legen sich den Ball mit der Hacke über den Kopf und spielen ihn volley weiter. Wenn das in Wirklichkeit alles so einfach wäre!

Aber der wahre Traum der Trainer müsste eigentlich der Fußball von der Stange sein. Jene Spielform, bei der sich die Spieler ganz bestimmt immer ans System halten und stets auf ihrer Position bleiben, egal was auch passiert. Sie machen keine Fallrückzieher und keine unnötigen Dribblings, sie vergeuden keine Kraft mit sinnlosen Sprints und meckern nicht mit den Schiedsrichtern. Beim Tischfußball, am Kickertisch, herrscht immer die totale Ordnung, aber wer glaubt, alle Kickertische überall auf der Welt seien gleich, der hat sich getäuscht.

In Italien zum Beispiel, auf Sardinien, stehen Kickertische mit klobigen kleinen Plastikmännchen, die eine Mannschaft immer blau, die andere immer rot, als spielte Inter Mailand gegen den AC Mailand. Inter hat blaue Trikots, Milan rote. Die Männchen sehen schwer und unbeholfen aus, was auch daran liegen mag, dass sie alle einen kleinen, quadratischen Klotz an den Füßen haben. Das hat einerseits den Vorteil, dass die Füße immer nach unten zeigen und man die Kickerstangen nicht immer in die richtige Lage drehen muss. Außerdem kann man ziemlich hart schießen mit so einem schweren Klotz am Bein. Andererseits sehen die Männchen ein bisschen aus wie italienische Mafiosi, deren Füße schon in einen Betonklotz gegossen sind. Wenn sie das nächste Spiel verlieren, kommt der Pate, schraubt die Verlierer von ihrer Stange und versenkt sie für immer am nächsten Pier im Hafenbecken … In Kellern spanischer Hafenkneipen stehen dagegen oft fünf, sechs Kickertische und an jedem ist die eine Mannschaft schneeweiß und die andere blaurot lackiert. Die Weißen sind wie im richtigen Fußball Real Madrid und die Blauroten gehen für den FC Barcelona an den Start. Im ganzen Land duelliert sich Weiß mit Blaurot, weil damit jeder Spanier etwas anfangen kann: Die Katalanen aus Barcelona und die Königlichen aus Madrid sind schließlich Erzfeinde, nicht nur im Fußball.

Manchmal vergessen die Tischfußballer, dass sie nur ein Spiel spielen. Einmal hat einer, der mit seiner blauroten Mannschaft Barcelona in Führung lag, seinen Gegner über den Tisch hinweg beleidigt: „Schau dir deine Männchen doch an“, hat er gebrüllt: „Real hat eh nur Flaschen.“ Da unterbrach der andere das Spiel, holte ein Messer und stach es dem einen in den Bauch. Solchen Wahnsinn liest man dann als Fünfzeilenmeldung in den Spalten „Vermischtes“ in den Tageszeitungen.

Vielleicht ist es ein Glück, dass die spanische Tischfußballfigur mit der deutschen nichts gemein hat. Die deutsche Tischfußballfigur sieht aus wie früher ein braver Junge, ein wohlerzogener Internatsschüler vielleicht, sie hat einen sauber gezogenen Scheitel, ein starres Gesicht und die Hände liegen immer an der Hose. Ganz artig bleibt die deutsche Tischfußballfigur an ihrer

Stange. Durch nichts erweckt sie den Eindruck ihren Platz jemals verlassen zu wollen. Die deutsche Tischfußballfigur wirkt ein wenig verklemmt, während die spanische einem viel leidenschaftlicher vorkommt, immer bereit den Kampf gegen Madrilenen oder Katalanen aufzunehmen. Notfalls würden sie wütend von der Stange springen und dem Gegner eine scheuern. (Oder hat jemand bei einem Tischfußballspiel schon mal einen Schiedsrichter auf dem Platz gesehen?) Tatsächlich haben spanische Tischfußballfiguren bewegliche Arme. Wenn man die Stange so dreht, dass die Männer mit dem Kopf nach unten hängen, sieht es so aus, als streckten sie ihre Arme dem Boden entgegen und machten sich lang und länger. Und nachts, wenn die Barfrau in Calella das Licht ausmacht und der letzte Gast gegangen ist, wird ein Männchen den Boden zu fassen kriegen, sich von der Stange abdrücken, zum Spielfeldrand krabbeln, einen kleinen Schraubenzieher holen und die anderen losmachen. Dann werden sie sich auf den Rand des Tischfußballspiels setzen, ihre Schlenkerarme über die Bande baumeln lassen und über das reden, was kleine Männer beschäftigt: Fußball und Frauen. Oder sie werden sich freudig darüber austauschen, nicht zu einem italienischen Kickertisch zu gehören, wo sie diese hässlichen schweren Klötze an den Beinen tragen müssten, Tag und Nacht – wie die Eisenkugel eines Häftlings, der für immer an den hölzernen Tisch gekettet ist.

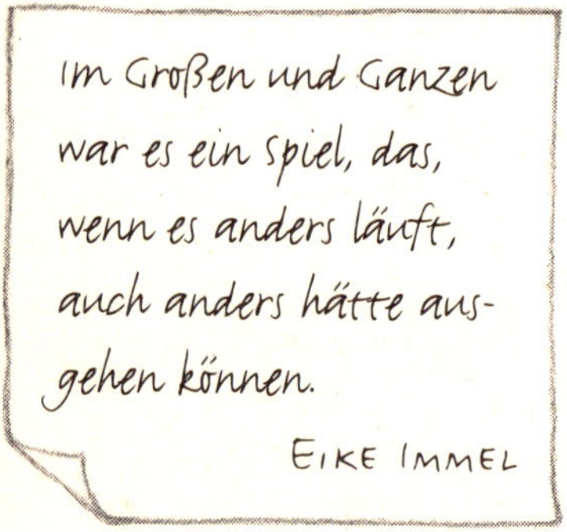

Warum die Männchen in Spanien oder Italien anders sind als hier, weiß eine Frau: Helga Fiedler, Geschäftsführerin beim deutschen Tischfußballproduzenten Leonhard. „In Südeuropa", erzählt sie, „wollen die Menschen solche Spielereien, farbige Spieler und Vereinstrikots, denen sind solche Äußerlichkeiten wichtig." In Deutschland aber „zieht man die herkömmliche Turnierfigur vor". Turnierfigur, was ist das schon für ein langweiliges, schwerfälliges Wort, während die Südeuropäer ja auch in den Stadien, wo sie als Fans einen Heidenlärm machen, viel heißblütiger und leidenschaftlicher zur Sache gehen. Sie brauchen für ihr Temperament bestimmt Spieler mit Schlenkerarmen und kleine Italiener mit Klötzen an den Füßen, die sie schnaubend vor Wut ins Meer werfen könnten, wo sie nie wieder auftauchen würden …

Das höchste der Gefühle in Deutschland sind Figuren in den Trikots der Bundesligamannschaften, aber Schlenkerarme und solche Dinge gefallen Frau Fiedler nicht besonders, wegen deren Zerbrechlichkeit. Die Mutter der Tischfußball-Fußballer sagt: „An den Tischen Spaniens sieht man ja, wozu das führt: Da fallen die Arme immer ab." An den Tischen in Spaniens Kellerkneipen sind aber an allen Spielern alle Arme dran. Und am liebsten würde man die Männchen entführen, die elf von Barcelona und die elf von Real, würde sie in die Reisetasche stecken und sie an einem langweiligen deutschen Tisch aussetzen und zaubern lassen. Und dann würde man noch einmal nach Sardinien fahren und die armen italienischen Klötzchenkicker von der Stange montieren und ihnen schriftlich geben, jedem Einzelnen, dass er niemals in einem Hafenbecken versenkt würde, auch wenn er noch so viele Spiele verlieren sollte.

Aber vielleicht würden sie sich alle wehren. Die Spanier würden wild mit ihren Armen rudern und die Italiener sich ganz schwer machen mit ihrem Klotz am Bein. Sie würden eine Räuberleiter bauen und in der Reisetasche von innen den Reißverschluss öffnen und ausbüchsen. Was sollten sie auch in Deutschland? Nie hat sich ein großer spanischer Profifußballer in Deutschland wohl gefühlt. Und einen berühmten Italiener in der Bundesliga haben wir auch noch nie kennengelernt. Warum sollte das bei den kleinen Tischfußballern anders sein?

5. Vom Anstoß bis zur Verlängerung – die Fußballregeln

Alle spielen Fußball, ob auf der Straße, auf dem Bolzplatz oder im Hightech-Stadion. Was ein Tor ist, wie man einen Abschlag ausführt oder wie viele Spieler zu einer Mannschaft gehören, weiß jeder. Aber wer kennt die Details der Fußballregeln schon genau? Wahrscheinlich nicht mal die Profis in den großen Stadien – hoffentlich aber die Schiedsrichter …

Hier haben wir alle wichtigen Fußballregeln für euch aufgeführt, von der Bestimmung der Spielfeldgröße bis zu den Abseitsregeln – zum Lesen und zum Nachschlagen.

Regel 1 – Das Spielfeld

Ausmaß

Das Spielfeld muss rechtwinklig sein. Die Länge der Seitenlinien muss in jedem Falle die Länge der Torlinien übertreffen. Länge mindestens 90, höchstens 120 Meter. Breite mindestens 45, höchstens 90 Meter. Für Länderspiele: Länge 100 bis 110, Breite 64 bis 75 Meter.

Abgrenzung

Das Spielfeld wird mit Linien abgegrenzt. Die Linien gehören zu den Räumen, die sie begrenzen. Die beiden längeren Begrenzungslinien heißen Seitenlinien, die beiden kürzeren Torlinien. Alle Linien dürfen höchstens 12 Zentimeter breit sein. Die Mittellinie teilt das Spielfeld in zwei Hälften. Auf ihr ist die Mitte des Spielfeldes einzuzeichnen. Um diese herum ist ein Kreis mit einem Radius von 9,15 Meter zu ziehen.

Der Torraum

Ein Torraum wird an beiden Torlinien folgendermaßen eingezeichnet: Rechtwinklig zu jeder Torlinie sind im Abstand von 5,50 Meter von der Innenkante der Torpfosten zwei Linien zu ziehen. Diese Linien müssen sich 5,50 Meter in das Spielfeld hinein erstrecken und durch eine zur Torlinie parallele Linie miteinander verbunden werden. Der von diesen Linien und der Torlinie umschlossene Raum wird Torraum genannt.

Der Strafraum

Ein Strafraum wird an beiden Torlinien folgendermaßen eingezeichnet: Rechtwinklig zu jeder Torlinie sind im Abstand von 16,50 Meter von der Innenkante der Torpfosten zwei Linien zu ziehen. Diese Linien müssen sich 16,50 Meter in das Spielfeld hinein erstrecken und durch eine zur Torlinie parallele Linie miteinander verbunden werden. Der von diesen Linien und der Torlinie umschlossene Raum wird Strafraum genannt.

> Das Spielfeld war zu lang für Doppelpässe.
>
> BERTI VOGTS

In jedem Strafraum, 11 Meter vom Mittelpunkt der Torlinie zwischen den Pfosten und gleichweit von beiden Pfosten entfernt, ist die Strafstoßmarke als sichtbares Zeichen anzubringen. Von jeder Strafstoßmarke aus ist ein Teilkreis mit 9,15 Meter Radius außerhalb des Strafraumes zu ziehen.

Fahnenstangen

An jeder Ecke wird eine Fahne an einer Stange, die nicht unter 1,50 Meter hoch und oben nicht spitz sein darf, angebracht. Eine solche Stange kann an der Mittellinie auf jeder Seite des Spielfeldes stehen, jedoch soll sie außerhalb des Spielfeldes und mindestens 1 Meter von der Seitenlinie entfernt sein.

Der Eckraum

Um jede Eckfahne ist ein Viertelkreis mit 1 Meter Radius im Spielfeld zu ziehen.

Die Tore

In der Mitte jeder Torlinie sind die Tore aufzustellen. Sie bestehen aus zwei senkrechten Pfosten, die in gleichem Abstand zu den Eckfahnen stehen und durch eine Querlatte verbunden sind. Der Abstand zwischen den Innenkanten der Pfosten beträgt 7,32 Meter. Die Unterkante der Querlatte ist 2,44 Meter vom Boden entfernt. Die Torpfosten und die Querlatte dürfen höchstens 12 Zentimeter breit und tief sein. Alle müssen das gleiche Format haben. Die Torlinie muss dieselbe Breite wie Torpfosten und Querlatte haben. Netze können an den Pfosten, an der Querlatte und am Boden hinter den Toren befestigt sein. Sie sollen in geeigneter Weise abgestützt und so angebracht sein, dass dem Torwart genügend Spielraum verbleibt. Pfosten und Querlatten müssen weiß sein.

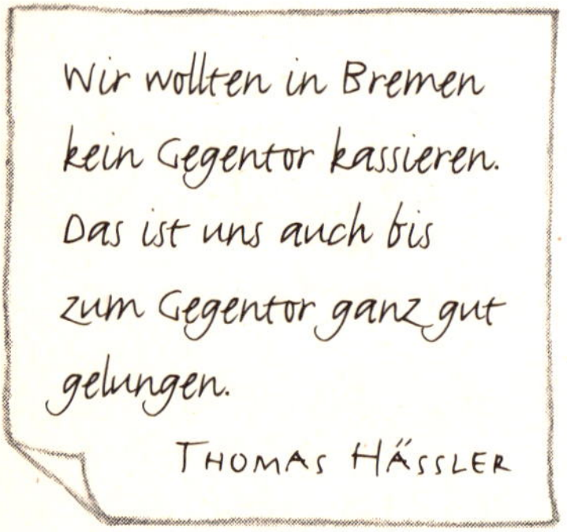

Sicherheit
Die Tore müssen fest im Boden verankert sein. Tragbare Tore dürfen nur verwendet werden, wenn sie diesen Anforderungen entsprechen.

Regel 2 – Der Ball

Qualität und Maß
Der Ball ist regelgerecht, wenn er kugelförmig ist, aus Leder oder einem anderen geeigneten Material ist, einen Umfang zwischen mindestens 68 und höchstens 70 Zentimeter hat, zu Spielbeginn mindestens 410 und höchstens 450 Gramm wiegt und sein Druck 0,6–1,1 Atmosphären beträgt, was 600– 1100 g/cm^2 auf Meereshöhe entspricht.

Austausch eines beschädigten Balles
Wenn der Ball im Verlauf des Spieles platzt oder beschädigt wird, muss das Spiel unterbrochen und mit einem Schiedsrichterball an der Stelle fortgesetzt werden, wo der ursprüngliche Spielball beschädigt wurde.

Wenn der Ball platzt oder beschädigt wird, während er vor einem Anstoß, Abstoß, Eckstoß, Freistoß, Strafstoß oder Einwurf noch nicht im Spiel ist, wird das Spiel entsprechend der Regel fortgesetzt.

Der Ball darf während des Spiels nur mit Genehmigung des Schiedsrichters ausgewechselt werden.

Regel 3 – Zahl der Spieler

Spieler
Das Spiel wird von zwei Mannschaften bestritten, von denen jede höchstens elf Spieler aufweisen darf; einer von ihnen ist der Torwart. Das Spiel kann nicht beginnen, wenn eine der Mannschaften aus weniger als sieben Spielern besteht.

Offizielle Wettbewerbe
In jedem Spiel, das im Rahmen eines offiziellen Wettbewerbs unter der Zuständigkeit der FIFA, der Konföderationen oder der Nationalverbände stattfindet, dürfen bis zu drei Spieler ausgewechselt werden.

In den Wettbewerbsbestimmungen wird festgelegt, wie viele Reservespieler nominiert werden können. Es dürfen drei bis maximal sieben sein.

Andere Spiele
In anderen Spielen sind bis zu fünf Auswechslungen zulässig, wenn die beteiligten Mannschaften eine Einigung über die maximale Anzahl erzielen und der Schiedsrichter vor Spielbeginn informiert wird.

Alle Spiele
Die Namen der Auswechselspieler müssen dem Schiedsrichter vor Spielbeginn bekannt gegeben werden. Andere, nicht benannte Spieler dürfen in diesem Spiel nicht eingesetzt werden.

Auswechselvorgang
Um einen Spieler durch einen Auswechselspieler ersetzen zu können, sind die nachstehenden Bedingungen zu beachten:
- Der Schiedsrichter ist von der beabsichtigten Auswechslung vor deren Durchführung zu informieren.
- Der Auswechselspieler soll das Spielfeld erst betreten, nachdem der zu ersetzende Spieler das Spielfeld verlassen und er ein Zeichen des Schiedsrichters erhalten hat.
- Der Auswechselspieler soll das Spielfeld während einer Spielunterbrechung und an der Mittellinie betreten.
- Die Auswechslung ist vollzogen, wenn der Auswechselspieler das Spielfeld betritt. In diesem Augenblick wird er zum Spieler und der Spieler, den er ersetzt, hört auf, ein Spieler zu sein.
- Ein Spieler, der ersetzt wurde, darf später am Spiel nicht wieder teilnehmen.
- Alle Auswechselspieler sind der Autorität und dem Entscheidungsrecht des Schiedsrichters unterstellt, ob sie eingesetzt werden oder nicht.

Torwartwechsel
Jeder Feldspieler darf seinen Platz mit dem Torwart tauschen, vorausgesetzt der Schiedsrichter ist von der beabsichtigten Auswechslung vor deren Durchführung informiert und der Tausch wird in einer Spielunterbrechung vorgenommen.

Strafbestimmungen
Wenn ein Auswechselspieler das Spielfeld ohne Genehmigung des Schiedsrichters betritt, wird das Spiel unterbrochen, der Auswechselspieler durch Zeigen der gelben Karte verwarnt und aufgefordert, das Spielfeld zu verlassen. Das Spiel wird durch

Schiedsrichter-Ball an der Stelle wieder aufgenommen, an der sich der Ball bei der Unterbrechung befunden hatte.

Wenn ein Feldspieler seinen Platz mit dem Torwart tauscht, ohne dass der Schiedsrichter dies genehmigt, wird das Spiel nicht unterbrochen. Die betreffenden Spieler werden durch Zeigen der gelben Karte verwarnt, sobald der Ball nicht mehr im Spiel ist.

Für jede andere Übertretung dieser Regel werden die betreffenden Spieler durch Zeigen der gelben Karte verwarnt.

Fortsetzung des Spieles
Wenn das Spiel durch den Schiedsrichter unterbrochen wurde, um die Verwarnung auszusprechen, wird es mit einem indirekten Freistoß durch einen Spieler der gegnerischen Mannschaft an der Stelle fortgesetzt, an der sich der Ball befand, als das Spiel unterbrochen wurde.

Spieler oder Auswechselspieler werden des Feldes verwiesen
Ein Spieler, der vor dem Anstoß des Feldes verwiesen wurde, kann nur durch einen der gemeldeten Auswechselspieler ersetzt werden.

Ein gemeldeter Auswechselspieler, der vom Spiel ausgeschlossen wurde, gleich ob vor dem Anstoß oder nach dem Spielbeginn, darf nicht ersetzt werden.

Regel 4 – Ausrüstung der Spieler

Sicherheit
Ein Spieler darf keine Kleidungsstücke oder Ausrüstungsgegenstände tragen, die für ihn oder einen anderen Spieler gefährlich sind (einschließlich jeder Art von Schmuck).

Grundausrüstung
Die zwingend vorgeschriebene Grundausrüstung eines Spielers besteht aus einem Jersey oder Hemd, Shorts – werden Thermo-

hosen getragen, muss ihre Farbe mit der Hauptfarbe der Hosen übereinstimmen –, Strümpfen, Schienbeinschützern und Fußbekleidung.

Schienbeinschützer
müssen von den Strümpfen vollständig bedeckt sein, aus einem geeigneten Material bestehen (Gummi, Plastik oder ähnlichen Substanzen) und einen angemessenen Schutz vor Verletzungen bieten.

Torhüter
Jeder Torwart muss sich in der Farbe der Sportkleidung von den anderen Spielern, vom Schiedsrichter und dessen Assistenten unterscheiden.

Strafbestimmungen
Bei Übertretungen dieser Regel muss das Spiel nicht unterbrochen werden, der fehlbare Spieler wird vom Schiedsrichter aufgefordert, das Spielfeld zu verlassen, um seine Ausrüstung in Ordnung zu bringen. Der Spieler muss das Spielfeld verlassen, wenn der Ball zum nächsten Mal aus dem Spiel ist, wenn er seine Ausrüstung nicht schon in Ordnung gebracht hat. Ein Spieler, der zur Korrektur seiner Ausrüstung vom Feld geschickt wurde, darf nur mit Zustimmung des Schiedsrichters zurückkehren. Der Schiedsrichter hat zu prüfen, ob die Ausrüstung nunmehr korrekt ist, bevor er seine Zustimmung zur Rückkehr auf das Spielfeld erteilt. Die Zustimmung ist nur möglich, wenn der Ball aus dem Spiel ist. Wenn ein Spieler aufgefordert wurde, das Spielfeld wegen einer Übertretung dieser Regel zu verlassen und es dann ohne Zustimmung des Schiedsrichters betritt (oder wieder betritt), wird er durch Zeigen der gelben Karte verwarnt.

Spielfortsetzung
Wenn der Schiedsrichter das Spiel unterbricht, um eine Verwarnung auszusprechen, wird es mit einem indirekten Freistoß

durch einen Spieler der gegnerischen Mannschaft an der Stelle fortgesetzt, wo sich der Ball bei der Unterbrechung befand.

Regel 5 – Der Schiedsrichter

Die Vollmacht des Schiedsrichters
Jedes Spiel wird von einem Schiedsrichter geleitet, der die unbeschränkte Vollmacht hat, den Fußballregeln in dem Spiel Geltung zu verschaffen, für das er nominiert wurde.

> Wenn man über rechts kommt, muss die hintere Mitte links wandern, da es sonst vorn Einbrüche gibt.
>
> K.-H. Rummenigge

Rechte und Pflichten
Der Schiedsrichter hat

- den Spielregeln Geltung zu verschaffen,
- das Spiel in Zusammenarbeit mit den Schiedsrichter-Assistenten und, wo vorhanden, mit dem vierten Offiziellen zu leiten,
- sicherzustellen, dass der Ball der Regel 2 entspricht,
- sicherzustellen, dass die Ausrüstung der Spieler der Regel 4 entspricht,
- die Zeit zu nehmen und sich Aufzeichnungen über den Verlauf des Spieles zu machen,
- ein Spiel bei irgendeiner Regelübertretung oder aus anderem Grunde zu stoppen, zeitweilig zu unterbrechen oder abzubrechen,
- ein Spiel bei jedem Eingriff von außen zu stoppen, zeitweilig zu unterbrechen oder abzubrechen,
- das Spiel zu unterbrechen, wenn er einen Spieler für ernsthaft verletzt hält und zu veranlassen, dass er vom Spielfeld gebracht wird,
- das Spiel weiterlaufen zu lassen, bis der Ball aus dem Spiel ist,

wenn er überzeugt davon ist, dass ein Spieler nur leicht verletzt ist,

- dafür zu sorgen, dass ein Spieler mit blutender Wunde das Spielfeld zur Behandlung verlässt. Der Spieler darf erst nach einem Zeichen des Schiedsrichters zurückkehren, der sich davon überzeugt haben muss, dass die Blutung gestoppt wurde,
- von einer Spielunterbrechung abzusehen, wenn dies von Vorteil für diejenige Mannschaft ist, gegen die eine Regelübertretung begangen wurde, und den ursprünglichen Verstoß zu bestrafen, wenn der erwartete Vorteil zu dieser Zeit nicht eintritt,
- den schwerer wiegenden Verstoß zu bestrafen, wenn ein Spieler zur gleichen Zeit mehrere Regelübertretungen beging,
- disziplinarische Maßnahmen gegen Spieler zu ergreifen, die einen verwarnungs- oder feldverweiswürdigen Verstoß begangen haben. Er muss dies nicht sofort tun, aber auf jeden Fall dann, wenn der Ball zum nächsten Male aus dem Spiel ist,
- Maßnahmen gegen Mannschaftsverantwortliche zu ergreifen, die sich nicht verantwortungsbewusst benehmen, und er darf sie nach eigener Einschätzung vom Spielfeld und dessen unmittelbarer Umgebung entfernen lassen,
- nach einem Hinweis des Assistenten über Ereignisse zu entscheiden, die er selbst nicht gesehen hat,
- zu verhindern, dass Personen das Spielfeld betreten, die hierzu nicht berechtigt sind,
- das Spiel fortsetzen zu lassen, nachdem es unterbrochen war und
- der zuständigen Behörde einen Bericht über das Spiel zukommen zu lassen, der Informationen über die gegen Spieler und/oder Offizielle ausgesprochenen disziplinarischen Maßnahmen sowie alle besonderen Vorkommnisse vor, während oder nach dem Spiel enthalten muss.

Entscheidungen des Schiedsrichters
Seine Entscheidungen über Tatsachen, die mit dem Spiel zusammenhängen, sind endgültig. Er darf eine Entscheidung nur ändern, wenn er festgestellt hat, dass sie falsch war, oder falls er es für nötig hält, auch auf einen Hinweis eines Schiedsrichter-Assistenten. Voraussetzung hierfür ist, dass das Spiel noch nicht fortgesetzt war.

> Bisher ziehen sich die Bayern toll aus der Atmosphäre.
>
> EDGAR ENDRESS
> Kommentator

REGEL 6 – DIE SCHIEDSRICHTER-ASSISTENTEN

Pflichten
Zwei Schiedsrichter-Assistenten sind zu bestimmen, deren Aufgabe es ist, vorbehaltlich der Entscheidung des Schiedsrichters anzuzeigen,
- wenn der Ball vollständig das Spielfeld verlassen hat,
- welcher Mannschaft ein Eckstoß, Abstoß oder Einwurf zugesprochen wird,
- wenn das Spiel wegen einer strafbaren Abseitsstellung unterbrochen werden muss,
- wenn eine Auswechslung gewünscht wird,
- wenn sich regelwidriges Verhalten oder ein anderer Vorfall außerhalb des Blickfeldes des Schiedsrichters ereignet haben.

Unterstützung
Die Schiedsrichter-Assistenten sollen ferner dem Schiedsrichter helfen, das Spiel in Übereinstimmung mit den Regeln zu leiten. Bei ungehöriger Einmischung oder nicht einwandfreiem Betragen soll der Schiedsrichter den Schiedsrichter-Assistenten seines Amtes entheben. Ein solcher Fall ist der zuständigen Behörde zu melden.

Spielzeithälften
Das Spiel besteht, wenn nicht anders zwischen den teilnehmenden Mannschaften und dem Schiedsrichter vereinbart worden ist, aus zwei Spielzeithälften von je 45 Minuten Dauer. Jede Vereinbarung, die Länge der Spielzeithälften zu ändern (z. B. die Absprache, wegen unzureichender Beleuchtung die Halbzeiten auf 40 Minuten abzukürzen), muss vor dem Spiel getroffen werden und mit den Wettbewerbsbestimmungen in Einklang stehen.

Halbzeitpause
Den Spielern steht eine Halbzeitpause zu, die 15 Minuten nicht überschreiten darf. In den Wettbewerbsbestimmungen muss die Dauer der Halbzeitpause festgelegt sein. Die Dauer der Halbzeitpause kann nur mit Zustimmung des Schiedsrichters geändert werden.

Nachspielzeit für verloren gegangene Zeit
Jede verloren gegangene Zeit durch Auswechslungen, Verletzungen von Spielern, Transport verletzter Spieler vom Spielfeld, Zeitvergeudung oder jeden anderen Grund muss in der entsprechenden Spielzeithälfte nachgespielt werden. Die nachzuspielende Zeit liegt im Ermessen des Schiedsrichters.

Strafstoß
Wenn ein Strafstoß ausgeführt oder wiederholt werden muss, wird die Dauer der entsprechenden Spielzeithälfte hierfür verlängert, bis er vollzogen ist.

Verlängerung

Die Bestimmungen eines Wettbewerbes dürfen festlegen, dass dem Spiel zwei weitere, gleich lange Halbzeiten angefügt werden. Die Bestimmungen von Regel 8 sind hierbei zu beachten.

Abgebrochenes Spiel
Ein abgebrochenes Spiel wird wiederholt, sofern die Wettbewerbsbestimmungen nichts anderes festlegen.

Regel 8 – Beginn und Fortsetzung des Spieles

Vor Beginn des Spieles
Der Schiedsrichter wirft eine Münze, die erfolgreiche Mannschaft entscheidet, in welche Richtung sie in der ersten Spielzeithälfte angreifen wird. Die andere Mannschaft führt den Anstoß zu Beginn des Spieles aus. Die Mannschaft, die das Losen gewonnen hatte, führt den Anstoß zu Beginn der zweiten Spielzeithälfte aus. Für die zweite Halbzeit des Spieles wechseln die Mannschaften die Seiten und spielen auf das andere Tor.

Anstoß
Der Anstoß ist die Methode, das Spiel zu beginnen oder fortzusetzen zu Beginn des Spieles, nach einer Torerzielung, zu Beginn der zweiten Halbzeit, zu Beginn jeder Hälfte einer Verlängerung, wenn diese notwendig ist.

Ein Tor kann aus einem Anstoß direkt erzielt werden.

Ausführungsbestimmungen
Alle Spieler befinden sich in ihrer eigenen Spielfeldhälfte, die Gegenspieler der anstoßenden Mannschaft müssen mindestens 9,15 Meter vom Ball entfernt sein, bis der Ball im Spiel ist. Der Ball ruht auf dem Mittelpunkt des Spielfeldes, der Schiedsrichter gibt ein Zeichen. Der Ball ist im Spiel, wenn er mit dem Fuß gestoßen wurde und sich vorwärts bewegt.

Der ausführende Spieler darf den Ball nicht ein zweites Mal spielen, bevor dieser von einem anderen Spieler berührt worden ist. Nach jeder Torerzielung durch eine Mannschaft wird der Anstoß von der anderen Mannschaft ausgeführt.

Strafbestimmungen

Wenn der ausführende Spieler den Ball ein zweites Mal berührt, bevor er von einem anderen Spieler berührt wurde, wird ein indirekter Freistoß für die gegnerische Mannschaft an der Stelle verhängt, wo sich die Regelübertretung ereignete. Nach jedem anderen Verstoß gegen diese Ausführungsbestimmungen wird der Anstoß wiederholt.

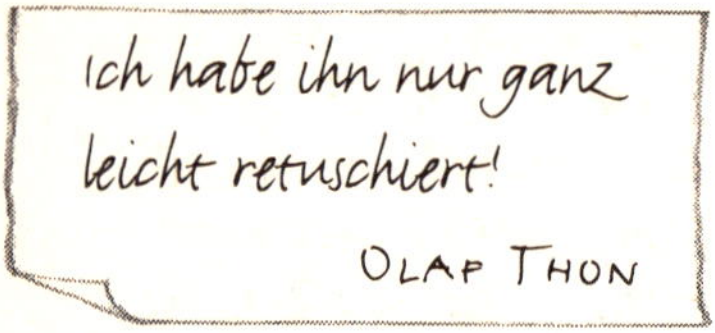

Schiedsrichter-Ball

Wenn das Spiel zeitweilig unterbrochen werden musste, während der Ball im Spiel war, aber ohne einen Grund, der in den Spielregeln festgelegt ist, wird das Spiel mit einem Schiedsrichter-Ball fortgesetzt.

Ausführungsbestimmungen

Der Schiedsrichter lässt den Ball vorbehaltlich der zwingenden Bestimmungen der Regel 8 – Beginn und Fortsetzung des Spieles – an der Stelle fallen, wo er sich bei der Unterbrechung des Spieles befand.

Das Spiel ist fortgesetzt, wenn der Ball den Boden berührt.

Strafbestimmungen

Der Schiedsrichter-Ball wird wiederholt, wenn der Ball von einem Spieler berührt wurde, bevor er auf den Boden auftraf, oder, nachdem er den Boden berührt hatte, die Seiten- oder Torlinien überquert, ohne vorher von einem Spieler berührt worden zu sein.

Besondere Umstände

Ein Freistoß, der für die verteidigende Mannschaft in deren Torraum verhängt wird, kann von jedem Punkt innerhalb des Torraumes ausgeführt werden.

Der indirekte Freistoß für die angreifende Mannschaft innerhalb des gegnerischen Torraumes wird auf der parallel zur Torlinie verlaufenden Torraumlinie von dem Punkt ausgeführt, der dem Tatort am nächsten gelegen ist.

Wenn der Schiedsrichter-Ball zur Wiederaufnahme des Spieles innerhalb des Torraumes auszuführen wäre, wird er auf den Punkt auf der parallel zur Torlinie verlaufenden Torraumlinie verlegt, welcher der Stelle am nächsten liegt, an der sich der Ball bei der Unterbrechung befunden hatte.

Regel 9 – Ball in und aus dem Spiel

Ball aus dem Spiel

Der Ball ist aus dem Spiel, wenn

- er auf dem Boden oder in der Luft vollständig eine der Tor- oder Seitenlinien überschritten hat oder
- das Spiel vom Schiedsrichter unterbrochen worden ist.

Ball im Spiel

Der Ball ist zu jedem anderen Zeitpunkt im Spiel, auch wenn er

- vom Pfosten, der Querlatte oder einer Eckfahnenstange zurückprallt und im Spielfeld bleibt oder
- vom Schiedsrichter oder einem Schiedsrichter-Assistenten zurückprallt, wenn sich diese innerhalb des Spielfeldes befinden.

Regel 10 – Wie ein Tor erzielt wird

Torerzielung

Ein Tor ist erzielt, wenn der Ball vollständig die Torlinie zwischen den Torpfosten und unter der Querlatte überschritten hat, ohne dass die Regeln vorher von der Mannschaft übertreten wurden, zu Gunsten der das Tor erzielt wurde.

Sieger des Spieles
Die Mannschaft, die während des Spiels die meisten Tore erzielt, hat gewonnen. Wenn jede Mannschaft keine oder die gleiche Anzahl von Toren erzielt hat, gilt das Spiel als unentschieden.

Wettbewerbsbestimmungen
Wettbewerbsbestimmungen können für unentschieden beendete Spiele eine Verlängerung oder eine andere vom International Football Association Board zugelassene Methode zur Ermittlung eines Siegers festlegen.

Regel 11 – Abseits

Abseitsposition
Die Abseitsstellung eines Spielers stellt an sich noch keinen Regelverstoß dar.

Ein Spieler befindet sich in einer Abseitsstellung,
– wenn er der gegnerischen Torlinie näher ist als der Ball und der vorletzte Abwehrspieler.

Ein Spieler befindet sich nicht in einer Abseitsstellung
– in seiner eigenen Spielfeldhälfte oder
– auf gleicher Höhe mit dem vorletzten Abwehrspieler oder
– auf gleicher Höhe mit den beiden letzten Abwehrspielern.

Regelübertretung
Ein Spieler wird nur dann für seine Abseitsstellung bestraft, wenn er nach Ansicht des Schiedsrichters zum Zeitpunkt, wenn der Ball einen seiner Mannschaftskollegen berührt oder von einem gespielt wird, aktiv am Spielgeschehen teilnimmt, indem er
– ins Spiel eingreift oder
– einen Gegner beeinflusst oder
– aus seiner Stellung einen Vorteil zieht.

Keine Regelübertretung
liegt vor, wenn ein Spieler den Ball direkt erhält von
- einem Abstoß oder
- einem Einwurf oder
- einem Eckstoß.

Strafbestimmungen
Nach jeder strafbaren Abseitsstellung verhängt der Schiedsrichter einen indirekten Freistoß für die gegnerische Mannschaft an der Stelle, wo sich der Verstoß ereignete.

Regel 12 –
Verbotenes Spiel und unsportliches Betragen

Verbotenes Spiel und unsportliches Betragen sind in der nachstehend beschriebenen Form zu ahnden:

Direkter Freistoß
Ein Spieler verursacht einen direkten Freistoß für die gegnerische Mannschaft, wenn er einen der nachfolgend aufgeführten sechs Verstöße nach Einschätzung des Schiedsrichters fahrlässig, rücksichtslos oder mit unverhältnismäßigem Körpereinsatz begeht:
- einen Gegner tritt oder versucht ihn zu treten,
- einem Gegner das Bein stellt oder es versucht,
- einen Gegner anspringt,
- einen Gegner rempelt,
- einen Gegner schlägt oder versucht ihn zu schlagen,
- einen Gegner stößt.

Der gegnerischen Mannschaft wird ebenfalls ein direkter Freistoß zugesprochen, wenn ein Spieler einen der nachfolgenden vier Verstöße begeht:
- beim Tackling im Kampf um den Ball den Gegner vor dem Ball berührt,
- einen Gegner hält,

– einen Gegner anspuckt,
– den Ball absichtlich mit der Hand spielt (dies gilt nicht für den Torwart in seinem eigenen Strafraum).

Der direkte Freistoß wird vorbehaltlich der zwingenden Bestimmungen der Regel 8 – Beginn und Fortsetzung des Spieles – an der Stelle ausgeführt, wo sich der Verstoß ereignete.

> Mein Name ist Finken – und du wirst gleich hinken.
>
> HERBERT FINKEN (Tasmania Berlin) zu einem Gegner

Strafstoß

Begeht ein Spieler der verteidigenden Mannschaft innerhalb seines eigenen Strafraumes einen der vorstehend genannten zehn Verstöße, so ist er durch einen Strafstoß zu bestrafen. Dies gilt ohne Rücksicht auf die jeweilige Position des Balles, aber vorausgesetzt, dass der Ball im Augenblick des Verstoßes im Spiel war.

Indirekter Freistoß

Ein Torwart verursacht einen indirekten Freistoß für die gegnerische Mannschaft, wenn er innerhalb seines Strafraumes einen der folgenden fünf Verstöße begeht:
– Er macht mehr als vier Schritte, während er den Ball mit seinen Händen kontrolliert, bevor er ihn freigibt.
– Er berührt den Ball, nachdem er ihn freigegeben hatte, erneut mit der Hand, ehe ein anderer Spieler ihn berührt hat.
– Er berührt den Ball mit der Hand, den ein Mitspieler ihm absichtlich mit dem Fuß zugespielt hat.
– Er berührt den Ball mit der Hand, nachdem er ihn direkt von einem Einwurf eines Mitspielers erhalten hat.
– Er vergeudet Zeit.

Außerdem verursacht ein Spieler einen indirekten Freistoß für die gegnerische Mannschaft, wenn er nach Ansicht des Schiedsrichters einen der folgenden drei Verstöße begeht:
– gefährlich spielt,

- den Lauf des Gegners behindert,
- den Torwart daran hindert den Ball aus seinen Händen freizugeben,
- irgendeine andere, nicht bereits in Regel 12 erwähnte Regelübertretung begeht, für welche das Spiel unterbrochen wird, um ihn zu verwarnen oder des Feldes zu verweisen.

Der indirekte Freistoß wird an der Stelle ausgeführt, wo sich der Verstoß ereignete.

Persönliche Strafen

Verwarnungswürdige Vergehen

Ein Spieler muss mit der gelben Karte verwarnt werden, wenn er eine der folgenden sieben Regelübertretungen begeht:

1. sich unsportlich verhält,
2. durch Worte oder Handlungen seine Ablehnung zu erkennen gibt,
3. wiederholt gegen die Spielregeln verstößt,
4. die Wiederaufnahme des Spieles verzögert,
5. beim Eck- oder Freistoß den Abstand nicht einhält,
6. ohne Genehmigung des Schiedsrichters das Spielfeld betritt oder wieder betritt,
7. das Spielfeld absichtlich und ohne Zustimmung des Schiedsrichters verlässt.

Feldverweiswürdige Vergehen

Ein Spieler muss durch Zeigen der roten Karte des Feldes verwiesen werden, wenn er eine der folgenden sieben Regelübertretungen begeht:

1. ein grobes Foul begeht,
2. gewaltsam spielt,
3. einen Gegner oder irgendeine andere Person anspuckt,

4. ein Tor oder eine offensichtliche Torchance eines Gegenspielers durch absichtliches Handspiel verhindert (dies gilt nicht für den Torwart in seinem Strafraum),
5. einem auf sein Tor zulaufenden Gegenspieler eine offensichtliche Torchance nimmt, indem er eine mit Freistoß oder Strafstoß zu ahndende Regelübertretung begeht,
6. anstößige, beleidigende oder schmähende Äußerungen gebraucht,
7. eine zweite Verwarnung im selben Spiel erhält.

Regel 13 – Freistösse

Arten von Freistößen
Es gibt direkte und indirekte Freistöße.

Bei der Ausführung jedes Freistoßes muss der Ball ruhig liegen; der den Freistoß ausführende Spieler darf den Ball erst wieder spielen, nachdem ein anderer Spieler den Ball berührt hat.

Der direkte Freistoß
- Wenn ein direkter Freistoß direkt in das gegnerische Tor geschossen wird, ist das Tor gültig.
- Wenn der direkte Freistoß direkt ins eigene Tor geht, wird der gegnerischen Mannschaft ein Eckstoß zugesprochen.

Der indirekte Freistoß
Der Schiedsrichter zeigt einen indirekten Freistoß an, indem er seinen Arm über den Kopf hebt. Er muss den Arm in dieser Position belassen, bis der Stoß ausgeführt ist und der Ball von einem anderen Spieler berührt wurde oder aus dem Spiel geht. Ein Tor kann erzielt werden, wenn der Ball nach der Ausführung von einem anderen Spieler berührt wurde, bevor er die Torlinie überschreitet.

Wenn der indirekte Freistoß direkt ins gegnerische Tor geschossen wird, ist auf Abstoß zu entscheiden.

Wenn der indirekte Freistoß direkt ins eigene Tor geht, wird der gegnerischen Mannschaft ein Eckstoß zugesprochen.

Ort der Freistoßausführung

Freistoß innerhalb des Strafraumes

Direkter oder indirekter Freistoß für die verteidigende Mannschaft:

- Alle Gegenspieler sind mindestens 9,15 Meter vom Ball entfernt.
- Alle Gegenspieler bleiben außerhalb des Strafraumes, bis der Ball im Spiel ist.
- Der Ball ist im Spiel, wenn er mit dem Fuß direkt aus dem Strafraum gestoßen wurde.
- Ein Freistoß innerhalb des Torraumes darf von jedem Punkt dieses Raumes aus ausgeführt werden.

Indirekter Freistoß für die angreifende Mannschaft:

- Alle Gegenspieler sind mindestens 9,15 Meter vom Ball entfernt oder auf ihrer eigenen Torlinie zwischen den Pfosten, bis der Ball im Spiel ist.
- Der Ball ist im Spiel, wenn er mit dem Fuß gestoßen wurde und sich bewegt.
- Der innerhalb des Torraumes verwirkte indirekte Freistoß wird auf der parallel zur Torlinie verlaufenden Torraumlinie von dem Punkt ausgeführt, der dem Tatort am nächsten gelegen ist.

Freistoß außerhalb des Strafraumes

- Alle Gegenspieler sind mindestens 9,15 Meter vom Ball entfernt, bis der Ball im Spiel ist.
- Der Ball ist im Spiel, wenn er mit dem Fuß gestoßen wurde und sich bewegt.
- Der Freistoß wird am Tatort ausgeführt.

Strafbestimmungen

Wenn bei der Ausführung eines Freistoßes ein Gegenspieler sich zu nah am Ball befindet, wird der Stoß wiederholt.

Wenn bei einem Freistoß der verteidigenden Mannschaft aus dem eigenen Strafraum der Ball nicht direkt ins Spiel gebracht wird, wird der Stoß wiederholt.

> Ach, solche sachen soll man nicht unnötig hochsterilisieren. BRUNO LABBADIA

Der Freistoß wird von einem Feldspieler ausgeführt:

Wenn der Ball im Spiel ist und von dem ausführenden Spieler erneut (außer absichtlich mit der Hand) berührt wird, bevor ein anderer Spieler ihn berührt hat, wird ein indirekter Freistoß für die gegnerische Mannschaft an der Stelle verhängt, wo sich die Übertretung ereignet hat.

Wenn der Ball im Spiel ist und von dem ausführenden Spieler absichtlich mit der Hand gespielt wird, bevor ein anderer Spieler ihn berührt hat, wird ein direkter Freistoß für die gegnerische Mannschaft an der Stelle verhängt, wo sich die Übertretung ereignet hat.

Ein Strafstoß ist zu verhängen, wenn die Regelübertretung im Strafraum des ausführenden Spielers erfolgte.

Der Freistoß wird vom Torwart ausgeführt:

Wenn der Ball im Spiel ist und vom Torwart erneut (außer absichtlich mit der Hand) berührt wird, bevor ein anderer Spieler ihn berührt hat, wird ein indirekter Freistoß für die gegnerische Mannschaft an der Stelle verhängt, wo sich die Übertretung ereignet hat.

Wenn der Ball im Spiel ist und vom Torwart absichtlich mit der Hand gespielt wird, bevor ein anderer Spieler ihn berührt hat, wird

– ein direkter Freistoß für die gegnerische Mannschaft an der Stelle verhängt, wo sich die Übertretung ereignet hat, wenn diese sich außerhalb des Strafraumes dieses Torwartes befand.

– ein indirekter Freistoß für die gegnerische Mannschaft an der Stelle verhängt, wo sich die Übertretung ereignet hat, wenn es im Strafraum des ausführenden Torwartes geschah.

Regel 14 – Strafstoss

Ein Strafstoß ist gegen eine Mannschaft zu verhängen, deren Spieler im eigenen Strafraum und während der Ball im Spiel ist eine der zehn Regelübertretungen begeht, die mit direktem Freistoß zu bestrafen sind. Aus einem Strafstoß kann ein Tor direkt erzielt werden. Der Strafstoß muss ausgeführt werden, auch wenn die Spielzeit am Ende jeder Halbzeit (auch in einer erforderlichen Verlängerung) abgelaufen ist.

Position des Balles und der Spieler
Der Ball wird auf die Strafstoßmarke gelegt. Der ausführende Spieler muss klar identifiziert sein. Der Torwart der verteidigenden Mannschaft muss mit Blick zum Schützen auf seiner Torlinie zwischen den Pfosten bleiben, bis der Ball mit dem Fuß gestoßen ist. Alle anderen Spieler müssen sich aufhalten: innerhalb des Spielfeldes, außerhalb des Strafraumes, hinter dem Strafstoßpunkt, mindestens 9,15 Meter vom Ball entfernt.

Der Schiedsrichter
darf das Signal zur Ausführung des Stoßes erst geben, wenn alle Spieler ihre Position in Übereinstimmung mit der Regel eingenommen haben. Er entscheidet, wann der Strafstoß seine Wirkung erzielt hat.

Ausführung
Der ausführende Spieler muss den Ball mit dem Fuß nach vorn stoßen. Er darf den Ball nicht wieder spielen, bevor er von einem anderen Spieler berührt wurde. Der Ball ist im Spiel, wenn er mit dem Fuß gestoßen wurde und sich vorwärts bewegt.

Ein Strafstoß während des laufenden Spieles oder in der für seine Ausführung oder Wiederholung verlängerten Spielzeit gilt auch dann als verwandelt, wenn der Ball, bevor er die Torlinie zwischen den Pfosten und unter der Querlatte überschritten hat, einen oder beide Pfosten und/oder die Querlatte und/oder den Torwart berührt hat.

Strafbestimmungen
für eine der folgenden Situationen, nachdem der Schiedsrichter das Zeichen zur Ausführung gegeben hat und bevor der Ball im Spiel ist.

Der ausführende Spieler verstößt gegen die Regeln:
- Der Schiedsrichter soll die Ausführung zulassen.
- Wenn der Ball ins Tor geht, wird der Strafstoß wiederholt.
- Wenn der Ball nicht ins Tor geht, wird der Strafstoß nicht wiederholt.

Der Torwart verstößt gegen die Regeln:
- Der Schiedsrichter soll die Ausführung zulassen.
- Wenn der Ball ins Tor geht, wird das Tor anerkannt.
- Wenn der Ball nicht ins Tor geht, wird der Strafstoß wiederholt.

Ein Mitspieler des Schützen betritt den Strafraum, läuft vor die Strafstoßmarke oder nähert sich dem Ball auf weniger als 9,15 m:
- Der Schiedsrichter soll die Ausführung zulassen.
- Wenn der Ball ins Tor geht, wird der Strafstoß wiederholt.
- Wenn der Ball nicht ins Tor geht, wird der Strafstoß nicht wiederholt.

Ein Mitspieler des Torwartes betritt den Strafraum, läuft vor die Strafstoßmarke oder nähert sich dem Ball auf weniger als 9,15 m:
- Der Schiedsrichter soll die Ausführung zulassen.
- Wenn der Ball ins Tor geht, wird das Tor anerkannt.

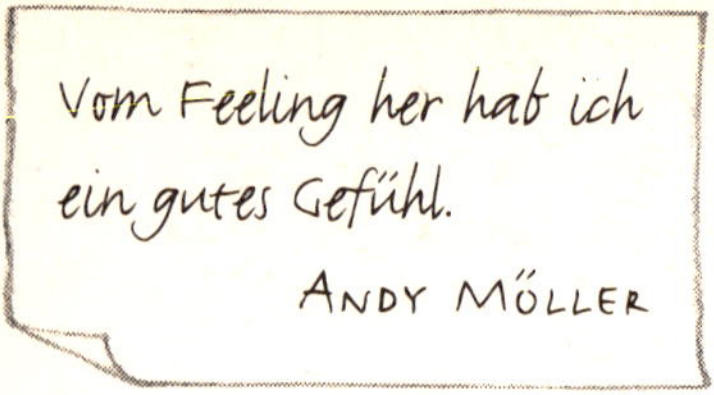

– Wenn der Ball nicht ins Tor geht, wird der Strafstoß wiederholt.

Spieler beider Mannschaften übertreten die Regeln:
– Der Strafstoß wird wiederholt.

Nachdem der Strafstoß ausgeführt wurde,
– *berührt der Schütze den Ball ein zweites Mal (aber nicht mit der Hand), bevor er von einem anderen Spieler berührt wurde:* Ein indirekter Freistoß ist für die gegnerische Mannschaft zu verhängen, der vorbehaltlich der zwingenden Bestimmungen der Regel 8 – Beginn und Fortsetzung des Spieles – am Tatort ausgeführt wird.
– *spielt der Schütze den Ball absichtlich mit der Hand, bevor er von einem anderen Spieler berührt wurde:* Ein direkter Freistoß ist für die gegnerische Mannschaft zu verhängen, der am Tatort ausgeführt wird.
– *wird der Ball auf dem Weg nach vorne von einem äußeren Einfluss aufgehalten:* Der Strafstoß muss wiederholt werden.

Nachdem der Ball von Torwart, Torpfosten oder Querlatte ins Feld zurückgesprungen ist, wird er von einem äußeren Einfluss aufgehalten:

Der Schiedsrichter muss das Spiel unterbrechen. Das Spiel wird mit Schiedsrichter-Ball an der Stelle fortgesetzt, wo der Ball von dem äußeren Einfluss berührt wurde.

Regel 15 – Einwurf

Der Einwurf ist eine Spielfortsetzung.

Aus einem Einwurf kann ein Tor nicht direkt erzielt werden.

Auf Einwurf wird entschieden,

- wenn der Ball in der Luft oder am Boden vollständig die Seitenlinie überschritten hat,
- an der Stelle, wo der Ball die Linien überschritten hat,
- gegen die Mannschaft, deren Spieler zuletzt den Ball berührt hat.

Ausführung
Im Augenblick des Einwurfes muss der einwerfende Spieler
- das Gesicht dem Spielfeld zuwenden,
- mit einem Teil eines jeden Fußes entweder auf der Seitenlinie oder auf dem Boden außerhalb des Spielfeldes stehen,
- beide Hände gebrauchen,
- den Ball von hinten über seinen Kopf werfen.

Der einwerfende Spieler darf den Ball nicht ein zweites Mal spielen, bevor ihn ein anderer Spieler berührt hat.

Der Ball ist im Spiel, sobald er innerhalb des Spielfeldes ist.

Strafbestimmungen
Der Einwurf wird von einem Feldspieler ausgeführt:
Wenn der Ball im Spiel ist und von dem ausführenden Spieler erneut (außer absichtlich mit der Hand) berührt wird, bevor ein anderer Spieler ihn berührt hat,
- wird ein indirekter Freistoß für die gegnerische Mannschaft an der Stelle verhängt, wo sich die Übertretung ereignet hat.

Wenn der Ball im Spiel ist und von dem ausführenden Spieler absichtlich mit der Hand gespielt wird, bevor ein anderer Spieler ihn berührt hat,
- wird ein direkter Freistoß für die gegnerische Mannschaft an der Stelle verhängt, wo sich die Übertretung ereignet hat.
- Ein Strafstoß ist zu verhängen, wenn die Regelübertretung im Strafraum des ausführenden Spielers erfolgte.

Der Einwurf wird vom Torwart ausgeführt:
Wenn der Ball im Spiel ist und vom Torwart erneut (außer absichtlich mit der Hand) berührt wird, bevor ein anderer Spieler ihn berührt hat,

– wird ein indirekter Freistoß für die gegnerische Mannschaft an der Stelle verhängt, wo sich die Übertretung ereignet hat.

Wenn der Ball im Spiel ist und vom Torwart absichtlich mit der Hand gespielt wird, bevor ein anderer Spieler ihn berührt hat, wird

– ein direkter Freistoß für die gegnerische Mannschaft an der Stelle verhängt, wo sich die Übertretung ereignet hat, wenn diese sich außerhalb seines Strafraumes befand.
– ein indirekter Freistoß für die gegnerische Mannschaft an der Stelle verhängt, wo sich die Übertretung ereignet hat, wenn es in seinem Strafraum geschah.

Wenn bei der Ausführung eines Einwurfes ein Gegner den einwerfenden Spieler behindert oder stört,

– wird er durch Zeigen der gelben Karte wegen unsportlichen Verhaltens verwarnt.

Nach jeder anderen Übertretung dieser Regel

– wird der Einwurf von einem Spieler der gegnerischen Mannschaft ausgeführt.

Regel 16 – Abstoss

Der Abstoß ist eine Spielfortsetzung.

Aus einem Abstoß kann für die ausführende Mannschaft ein Tor direkt erzielt werden.

Ein Abstoß wird verhängt, wenn

– der Ball zuletzt von einem Spieler der angreifenden Mannschaft berührt wurde und in der Luft oder am Boden vollständig die Torlinie überschreitet, ohne dass dabei ein Tor in Übereinstimmung mit Regel 10 erzielt wurde.

Ausführung

Der Abstoß wird von einem Spieler der verteidigenden Mannschaft von irgendeinem Punkt innerhalb des Torraumes ausgeführt. Die Gegner des Spielers, der den Abstoß ausführt, müssen außerhalb des Strafraumes bleiben, bis der Ball im Spiel ist. Der abstoßende Spieler darf den Ball nicht ein zweites Mal spielen, bevor ihn ein anderer Spieler berührt oder gespielt hat. Der Ball ist im Spiel, wenn er mit dem Fuß direkt aus dem Strafraum herausgestoßen wurde.

Strafbestimmungen
Der Ball wurde nicht direkt aus dem Strafraum ins Spiel gebracht:

Der Abstoß wird wiederholt.

Der Abstoß wird von einem Feldspieler ausgeführt:

Wenn der Ball im Spiel ist und von dem ausführenden Spieler erneut (außer absichtlich mit der Hand) berührt wird, bevor ein anderer Spieler ihn berührt hat, wird ein indirekter Freistoß für die gegnerische Mannschaft vorbehaltlich der zwingenden Bestimmungen der Regel 8 – Beginn und Fortsetzung des Spieles – an der Stelle verhängt, wo sich die Übertretung ereignet hat.

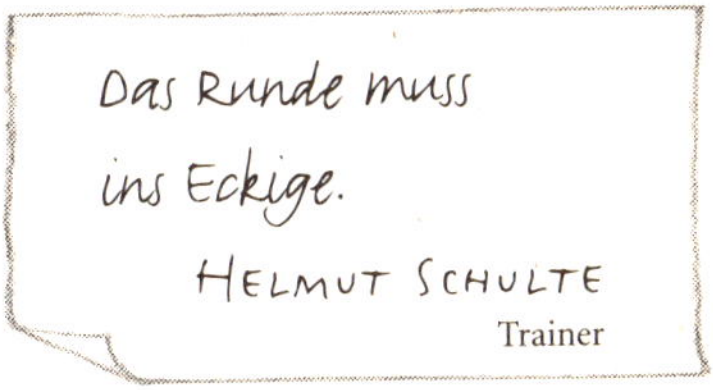

Wenn der Ball im Spiel ist und von dem ausführenden Spieler absichtlich mit der Hand gespielt wird, bevor ein anderer Spieler ihn berührt hat, wird ein direkter Freistoß für die gegnerische Mannschaft vorbehaltlich der zwingenden Bestimmungen der Regel 8 – Beginn und Fortsetzung des Spieles – an der Stelle verhängt, wo sich die Übertretung ereignet hat.

Ein Strafstoß ist zu verhängen, wenn die Regelübertretung im Strafraum des ausführenden Spielers erfolgte.

Der Abstoß wird vom Torwart ausgeführt:

Wenn der Ball im Spiel ist und vom Torwart erneut (außer absichtlich mit der Hand) berührt wird, bevor ein anderer Spieler ihn berührt hat, wird ein indirekter Freistoß für die gegnerische Mannschaft an der Stelle verhängt, wo sich die Übertretung ereignet hat.

Wenn der Ball im Spiel ist und vom Torwart absichtlich mit der Hand gespielt wird, bevor ein anderer Spieler ihn berührt hat, wird

- ein direkter Freistoß für die gegnerische Mannschaft an der Stelle verhängt, wo sich die Übertretung ereignet hat, wenn diese sich außerhalb des Strafraumes dieses Torwartes befand.
- ein indirekter Freistoß für die gegnerische Mannschaft an der Stelle verhängt, wo sich die Übertretung ereignet hat, wenn es im Strafraum des ausführenden Torwartes geschah.

Bei jeder anderen Übertretung dieser Regel wird der Abstoß wiederholt.

Regel 17 – Eckstoss

Der Eckstoß ist eine Spielfortsetzung.

Aus einem Eckstoß kann für die ausführende Mannschaft ein Tor direkt erzielt werden.

Ein Eckstoß wird verhängt,
wenn der Ball – zuletzt von einem Spieler der verteidigenden Mannschaft berührt – in der Luft oder am Boden vollständig die Torlinie überquert, ohne dass dabei ein Tor in Übereinstimmung mit Regel 10 erzielt wurde.

Ausführung

- Der Ball wird in den Viertelkreis der am nächsten gelegenen Eckfahne gesetzt, die Eckfahne darf nicht entfernt werden. Die Gegenspieler dürfen nicht näher als 9,15 Meter an den Ball herankommen, bevor dieser im Spiel ist.
- Der Eckstoß wird von einem Spieler der angreifenden Mannschaft ausgeführt.

– Der Ball ist im Spiel, wenn er mit dem Fuß gestoßen wurde und sich bewegt. Der ausführende Spieler darf den Ball nicht wieder spielen, bevor er von einem anderen Spieler berührt wurde.

Strafbestimmungen
Der Eckstoß wird von einem Feldspieler ausgeführt:
Wenn der Ball im Spiel ist und von dem ausführenden Spieler erneut (außer absichtlich mit der Hand) berührt wird, bevor ein anderer Spieler ihn berührt hat, wird ein indirekter Freistoß für die gegnerische Mannschaft an der Stelle verhängt, wo sich die Übertretung ereignet hat.

Wenn der Ball im Spiel ist und von dem ausführenden Spieler absichtlich mit der Hand gespielt wird, bevor ein anderer Spieler ihn berührt hat, wird ein direkter Freistoß für die gegnerische Mannschaft dort verhängt, wo sich die Übertretung ereignet hat.

Ein Strafstoß ist zu geben, wenn die Übertretung im Strafraum des ausführenden Spielers erfolgte.

Der Eckstoß wird vom Torwart ausgeführt:
Wenn der Ball im Spiel ist und vom Torwart erneut (außer absichtlich mit der Hand) berührt wird, bevor ein anderer Spieler ihn berührt hat, wird ein indirekter Freistoß für die gegnerische Mannschaft der Stelle verhängt, wo sich die Übertretung ereignet hat.

Wenn der Ball im Spiel ist und vom Torwart absichtlich mit der Hand gespielt wird, bevor ein anderer Spieler ihn berührt hat, wird ein direkter Freistoß für die gegnerische Mannschaft an der Stelle verhängt, wo sich die Übertretung ereignet hat, wenn diese sich außerhalb des Strafraumes dieses Torwartes befand. Ein indirekter Freistoß für die gegnerische Mannschaft wird an der Stelle verhängt, wo sich die Übertretung ereignet hat, wenn es im Strafraum des ausführenden Torwartes geschah.

Anhang Die Anschriften von 21 deutschen Fußballvereinen

FC Bayern München
Säbener Str. 51
81547 München
http://www.fcbayern.de

1. FC Kaiserslautern
Stadionstr. 11
67663 Kaiserslautern
Telefax (06 31) 3 18 82 90
http://www.fck.de

Bayer 04 Leverkusen
Bismarckstr. 122–124
51373 Leverkusen
Telefax (02 14) 6 27 09
http://www.bayer04.de

FC Schalke 04
Kurt-Schumacher-Str. 284a
45891 Gelsenkirchen
Telefax (02 09) 7 00 87 50
http://www.schalke04.de

VfB Stuttgart
Postfach 50 11 42
70341 Stuttgart
http://www.vfbstuttgart.de

Hertha BSC Berlin
Hanns-Braun-Str.,
Friesenhaus 2
14053 Berlin
Telefax (0 30) 30 09 28 99
http://www.herthabsc.de

Borussia Dortmund
Berswordtstr. 1
44139 Dortmund
http://www.borussia
dortmund.de

Hamburger SV
Sylvesterallee 7
22525 Hamburg
Telefax (0 40) 41 55 10 60
http://www.hsv.de

Arminia Bielefeld
Melanchthonstr. 2
33615 Bielefeld
Telefax (05 21) 96 61 11 11
http://www.arminia
bielefeld.de

Eintracht Frankfurt
Am Erlenbruch 25
60386 Frankfurt am Main
Telefax (0 69) 42 09 70 43
http://www.eintracht
frankfurt-online.de

Sport-Club Freiburg
Schwarzwaldst. 193
79117 Freiburg
Telefax (07 61) 3 85 51 50
http://www.sc-freiburg.de

SV Werder Bremen
Am Weserstadion 7
28205 Bremen
http://www.werder
online.de

TSV 1860 München
Grünwalder Str. 114
81547 München
Telefax (0 89) 64 27 85 80
http://www.tsv1860.de

VfL Wolfsburg
Berliner Ring 1a
38446 Wolfsburg
http://www.vflwolfsburg.de

FC Hansa Rostock
Trotzenburger Weg 14
18057 Rostock
Telefax (03 81) 4 99 99 70
http://www.fchansa
rostock.de

MSV Duisburg
Westender Str. 36
47138 Duisburg
http://www.msv
duisburg.de

SpVgg Unterhaching
Am Sportpark 1
82008 Unterhaching
Telefax (0 89) 6 15 59 16 88
http://www. spvgg
unterhaching.de

1. FC Köln
Postfach 42 02 51
50896 Köln
Telefax (02 21) 4 30 18 51
http://www.fc-koeln.de

1. FC Nürnberg
Valznerweiherst. 200
90480 Nürnberg
Telefax (09 11) 9 40 79 77
http://www.1.fcnuernberg.
com

Borussia Mönchengladbach
Bökelstr. 165
41063 Mönchengladbach
Telefax (0 21 61) 92 93 19
http//:www.borussia.de

FC St. Pauli
Postfach 30 17 05
20306 Hamburg
Telefax (0 40) 31 78 74 29
http//:www.fcstpauli.de

Karlsruher SC
Adenauerring 17
76131 Karlsruhe
Telefax (07 21) 9 64 34 69
http://www.karlsruhersc.de